CLARA

LVV

CLARA

Paru sous le titre « La toile aux Alouettes »,

Chez M+Editons/EdBordeline

© 2024, Lou Vernet
Édition : BoD – Books on Demand, info@bod.fr
Impression : BoD – Books on Demand, In de
Tarpen 42, Norderstedt (Allemagne)
Impression à la demande
ISBN : 978-2-3225-4353-3

Dépôt légal : Juillet 2024

A ma mère,
Et à toutes les femmes du monde
Qui se battent au nom de leur vérité !

« Tu ne sais jamais à quel point tu es fort
jusqu'au jour où être le plus fort
reste la seule option. »
Bob Marley.

« Le passé ne meurt jamais ;
il n'est même pas passé. »
William Faulkner

Préface

Ce qui est intéressant, voire excitant dans la littérature noire, c'est sa diversité de ton, d'écriture, de thème, de traitement, de lieux, la psychologie de ses personnages, la recherche de ce petit « ça » qui différencie chacun d'entre nous, et Lou Vernet, pour ce premier roman policier, a réussi son coup. Elle l'a traité avec une langue riche, ce qui signifie qu'elle est allée au bout de l'ambition, qu'a chaque auteur, de trouver, dénicher le mot, la phrase, qui ne pourra que prendre la place qu'elle lui a impartie. Sans affectation, sans cuistrerie, avec une presque nonchalance et un humour corrosif, comme si cela allait de soi. À présent l'histoire. Qui, je le reconnais, au début m'a surprise. Ça, du polar ? Oui, d'accord, parfaite, l'exposition de ses personnages, justes leurs dialogues, mais quid du suspense ? Puis j'ai continué de lire et, dans la subtilité de l'intrigue, dans le tâtonnement obligé du lecteur, j'ai découvert une fin diabolique, une chute, comme on dit en littérature, bien loin des premiers chapitres policés, qui fera hoqueter et lever les sourcils, mais qui est la signature d'un livre réussi, original, audacieux. Un livre que l'on n'oubliera pas, longtemps après l'avoir fermé. Bienvenue à Lou Vernet dans le monde des écrivains de la littérature noire.

Maud Tabachnik

Prologue

C'était un matin blanc recouvert de givre, un matin serti de froid aux reliefs argentés. Les voitures gisaient telles des congères ; une armée blanche en déroute. Quiconque aurait levé la tête aurait découvert un ciel bleu et immobile, mais quiconque à cette heure-ci n'était pas dehors. On était dimanche, il était à peine huit heures du matin, la ville dormait encore. Un homme seul marchait sur le trottoir. Cheveux en bataille, grisonnants, yeux clairs, la silhouette fine, le pas énergique, vêtu d'un jean marron, il avait enfoncé ses mains dans les poches latérales de son bombers. Une allure à la Gérard Lanvin dans ses meilleurs jours. Bourrue et renfrognée. Son portable, en sonnant une heure auparavant, l'avait sauvé d'un rêve floué d'avance. Toujours le même, ombre et lumière crevant l'espace, sans visage et sans mot. Des courants d'air de formes qui ne disaient rien, mais flottaient chaque nuit dans son crâne comme des entrelacs toujours plus nébuleux.

L'appel avait été bref :

- Eh, vieille Carpe, si tu veux voir un arc-en-ciel, grouille-toi… Il y avait eu un court silence, le temps pour La Carpe de vérifier l'heure à sa montre, puis la réponse était venue, comateuse. − Un arc-en-ciel… à sept heures ?

À l'autre bout du fil, il imaginait très bien La Virgule trépignant d'impatience sur sa seule jambe encore valide. Ses mèches blondes en désordre sur sa petite gueule d'ange désailé.

- Bah oui à cette heure, et même géant... Entre le deuxième et le troisième saule pleureur, en face de L'Alligator. Un arc-en-ciel et des ombres flottantes prises au piège dans ses filets...

Il avait grogné pour la forme, mais s'en était trouvé soulagé. Les dimanches quand on est seul sont un piège. La journée s'avérait trop longue pour ne pas se poser des questions et trop courte pour trouver des réponses. S'il avait pu zapper tous les dimanches, il l'aurait fait. Il avait aussitôt raccroché. L'Inclus demandait, déjà, qu'on lui roule sa première cigarette.

Première Partie :

Clara

Chapitre 1

VENDREDI

À l'aube. Paris 9e. Début du printemps.

Au sixième étage d'un immeuble, vue sur cour, un rayon de soleil caresse le visage d'une jeune femme paisiblement endormie. Drapée dans un silence protecteur, Clara rêve certainement ; un sourire confiant borde ses lèvres. Dans un tic-tac régulier, les derniers cristaux de neige fondue s'amusent à rebondir nonchalamment sur le rebord d'une gouttière. Soudain, brisant cette plénitude, une musique résonne à plein volume dans un appartement voisin : « Belle, c'est un mot qu'on dirait inventé pour elle, quand elle danse... alors je sens l'enfer s'ouvrir sous mes pieds... ».

Clara sursaute, se recroqueville. Une voix poussive mais non moins hurlante explose à ses tympans. Elle la reconnaît. Un odieux accent chinois, ahanant le français avec conviction, les poumons impatients. En écho discordant à une chanson passée en boucle depuis des semaines. Le bruit des mots écorchés et de la musique vouée aux décibels déchirants la tirent sauvagement du sommeil. Une fois de plus, une fois de trop. Clara se redresse d'un coup dans son lit, ne cherche pas comme d'habitude à se protéger les oreilles avec ses mains ou l'oreiller. En appui sur ses deux poings plantés dans le matelas, elle reste quelques secondes à subir ce martèlement, puis se lève d'un bond. Son grand corps nu et mince, planté au pied du lit, les poings fermés, elle fixe méchamment le mur aux accents tonitruants. Le réveil marque 5 h

58 du matin. Ou son voisin est fou ou son voisin est sourd. Quoi qu'il en soit, ce matin, elle n'en peut plus. Il chante trop et il chante mal. Il chantait trop tôt mal. Dans une flopée d'injures destinées à lui donner de l'élan, elle pivote sur elle-même et sort de la chambre, rageuse. Puisque Monsieur le Chinois ne comprend pas le français - mille fois elle a glissé un mot sous sa porte, le suppliant de baisser le son, de retarder ses envolées cacophoniques - elle va frapper fort ! Elle est tout à fait réveillée. Parfaitement en colère. Absolument pas culpabilisée. Jamais, même, elle ne s'est sentie aussi sûre d'elle. La vague braillarde de ce matin a déchiré son reste de patience. Elle traverse son appartement, se refuse à penser. Domino le lui a cent fois répété : *Quand tu commences à penser, tu n'agis plus, t'es morte.* Cabrée sur cette phrase comme sur une arme secrète, elle ouvre le placard de l'entrée, se hisse sur la pointe des pieds, allonge son bras jusqu'à la troisième étagère et du bout des doigts, affleure la mallette. Prenant appui avec son autre bras sur l'étagère supérieure, elle referme ses cinq doigts sur la poignée en métal. Dans un équilibre chancelant, elle recule d'un pas, fait glisser l'objet jusqu'au-dessus de sa tête, le maintien en équilibre un instant et le laisse presque tomber, de tout son poids, sur le sol. Elle ne doit pas réfléchir. Surtout ne pas penser. Ce type l'a bien cherché. Domino ne lui a-t-il pas écrit : *Jusqu'à quand et jusqu'où vas-tu accepter ? Commence par ce petit emmerdeur, il te viole chaque matin. Apprends à dire Stop, apprends à dire Non...*

Au début, Clara l'avait trouvé un peu excessif, mais l'idée peu à peu s'est infiltrée en elle et ce matin, c'est décidé, elle va s'offrir Monsieur Notre-Dame de Paris en guise de petit déjeuner. L'enfer va véritablement s'ouvrir sous ses pieds. Elle déshabille l'engin de son étui, le soupèse, le contemple, hésite et se cabre de nouveau. *Si tu commences à réfléchir… t'es morte.* Domino a dit juste. Elle se sent fléchir. Tout ça est aberrant ! En arriver là pour une chanson ? Qui plus est une chanson d'amour ! Elle se redresse aussitôt. *La verticalité, Petite Sœur, tout est là… se tenir droite.* Domino a promis de la guider. Elle va y arriver. Sa voix devient écho, ne la quitte plus. Clara embarque l'objet, retraverse son appartement, le dépose sur son lit et se dirige vers la salle de bains. Prend une douche, rapide. Se maquille, légèrement. Et s'habille, enfin. Elle choisit une tenue confortable et chaude, bascule le contenu de son sac à main dans un petit sac à dos, vérifie que l'enveloppe légèrement froissée s'y trouve bien et croise son reflet dans le miroir. Des cheveux mi-longs noirs encadrent un visage hâlé, aux traits fins, à la bouche charnue. Ses yeux verts qui habituellement transcendent chaque parcelle de lumière en un éclat brillant reflètent aujourd'hui une détermination accrue.

Dans la chambre, le printemps s'annonce en rai de lumière éclatant, l'hiver n'en finit pas de craqueler une terre encore marbrée de neige. Une combinaison parfaite pour cette journée qui débute en fanfare. Elle doit faire vite. Toujours et encore ne pas réfléchir. Ne pas s'arrêter. Ne pas buter.

Clara se dirige vers son lit, empoigne d'une main l'objet abandonné quinze minutes plus tôt, une perceuse domestique des plus banales, l'arme d'une mèche de béton 10, branche la prise, teste loin devant elle la charge électrique en action, un rictus vengeur au coin de la bouche, et s'approche du mur. Le Chinois est de l'autre côté, elle l'entend, déclamant sa chanson débile dans un français massacré. Mais pourquoi brailler si fort ce qui aurait dû se murmurer secrètement ? Elle choisit un pan de mur vierge, se concentre sur un point fixe, repéré lors de ses interminables réveils intempestifs, et appuie de toutes ses forces. Le bruit de la foreuse recouvre presque instantanément la musique et toutes les autres voix qui viennent marteler sa tête d'injonctions moralisatrices. La cloison cède sans difficulté. Le trou s'allonge, se dilate. Ce n'est qu'un mur de séparation, aussi mince qu'une paroi de verre. Bientôt elle sent le vide absorber toute la mèche. Elle vient de traverser le mur du con. La musique s'est arrêtée, le Chinois s'est tu. Sidéré peut-être, frémissant d'intrusion. Elle imagine sa stupeur, sourit presque de tant de facilité. Domino lui avait donné la consigne : *Quand tu seras prête, à l'instant exact, choisis ta musique, oublie de réfléchir, pousse le volume à fond et claque la porte.* Elle n'a rien oublié de ces instructions, a juste voulu les parfaire. Le trou est son idée à elle, sa marque. Un symbole d'évidement. Une percée dans le champ de sa conscience.

Aujourd'hui, une minuscule canalisation explose. Un filet d'air s'échappe. Comme un automate, indifférente et mécanique, Clara repose la perceuse, pivote d'un demi-tour et sort de la chambre. Dans le salon, elle s'agenouille devant sa chaine hi-fi, choisit un CD de Didier Super, appuie sur Play, pousse le volume à fond, se relève, va dans l'entrée, enfile un manteau, prend son sac et sort en claquant la porte. Elle dévale déjà l'escalier lorsque plusieurs voix dans le couloir rebondissent de vociférations. Ça va être le bordel. Toute sa vie à partir de cet instant-là va être un bordel.

Clara le sait.

Domino a gagné.

Chapitre 2

Clara s'est enfuie en courant. Après avoir dévalé les escaliers quatre à quatre, aussitôt dans la rue, elle s'est mise à courir. Vite, très vite. Non qu'elle ait peur ou qu'elle redoute qu'un voisin la poursuive, mais bien parce qu'il lui pousse une ivresse jusque-là inconnue. Elle a encore dans le bras et la main le saccadé de la perceuse, comme une énergie qui ne cesse de se diluer en elle. Son acte dérisoire et peut-être même puéril l'a électrisée jusque dans les talons. Elle ne court plus, elle vole. Une décharge d'adrénaline fulgurante. Seuls ceux qui n'ont jamais franchi de limites plus grandes que celles de leur conscience peuvent encore découvrir ça

C'est son premier Interdit, elle a trente-cinq ans. Les foutus accords de Didier Super résonnent encore en elle. Une reprise du « Que je t'aime » de

Johnny Hallyday, pleine de bruits et de décibels, de cris rauques et de violence douce. Parodie drôle et vengeresse. Ce chanteur a le chic pour saloper n'importe quelle chanson. Son humour débile ne la vengera peut-être pas plus d'une heure de son satané Chinois, mais c'est plus qu'elle n'en a jamais fait jusque-là. Trois rues plus bas, elle ralentit sa course, à bout de souffle. L'air lui manque, ses poumons explosent. Un sprint au réveil, ça aussi c'est de l'inédit.

Elle se tient pliée en deux, les mains sur les hanches. Une voiture passe au moment où elle inspire, elle recrache les gaz d'échappement dans une quinte de toux, se redresse et se surprend à hurler :

-    Connard, va !

Voilà qu'elle se met à jurer maintenant. Là où auparavant, elle se serait excusée d'exister, lui montent des cris dans la gorge qu'elle ne contient plus. Pas si terrible, pense-t-elle. Suffit d'ouvrir une brèche pour qu'un air nouveau circule enfin. Un mince filet d'air aussi ténu que son trou de dix a réussi à libérer une énergie dont elle ne soupçonnait même pas qu'elle en fût pourvue. « L'insaisissable Clara. Belle comme une légende, disait son père autrefois. Avec ces yeux-là, ma fille, tu terrasserais n'importe qui. » Mais aussi timide qu'un ours, aussi sauvage qu'un gymnote, aussi effarouchée qu'une biche. La talentueuse Clara, studieuse à l'excès. Expert-comptable redoutable mais peu redoutée. Exigeante aux décimales près. Solitaire jusqu'à l'oubli.

Fouisseuse comme un ver de terre. Comment Domino a-t-il réussi là où tout le monde a échoué ?

En retrouvant son souffle, place Saint-Eustache, Clara ressent un vide en elle. Elle est partie sans avoir pris de petit-déjeuner, son estomac bruit de faim, des gargouillis aux appels impérieux. Elle échoit à la terrasse d'un café, commande « un petit noir bien serré s'il vous plaît », un croissant et une orange pressée, lève son regard au ciel et s'immerge. Un bleu immobile et franc, lavé de tout nuage, est posé au-dessus de sa tête comme un espace ouvert à tous les possibles. À ce point limpide qu'elle peut le traverser sans y buter. Elle prend le temps de rêver. Sans mot. En flashes de pensées vagabondes, furtives, à peine conscientes. Tel cet oiseau qui va et vient devant elle, en arabesques et sans logique apparente. Elle troue le ciel d'un sourire béat quand le garçon de café apporte sa commande. L'écho de la réalité surgi de l'arôme de l'expresso lui fait baisser les yeux. Elle salive de plaisir, se souvient qu'elle a faim. Le serveur est à peine parti qu'elle engloutit déjà son croissant, le rappelle et en commande un autre. Dix minutes plus tard, repoussant dans un coin de table la porcelaine blanche zébrée de taches brunes, bariolée en pointillés de miettes, la question surgit, impérieuse : « Et maintenant, tu fais quoi ? »

La société qui l'emploie devrait bientôt ouvrir ses lourdes portes de fer. Un grand bâtiment aux murs de briques, aux couloirs interminables, aux bureaux cloisonnés. Des milliards de chiffres concentrés en colonnes délirantes. Un silence de plomb pour un travail de fourmi. L'austérité implacable de la méthode et du travail. Une logique d'efficacité pour des bilans sans erreurs. Et en bout de course... toujours et encore, la Dame de Pique. Proche de la retraite, lèvres pincées, regard fuyant, jupe plissée noire et chemisier gris impeccablement repassés. Aussi austère qu'un marbre funéraire. Une caricature à souhaiter dans une bande dessinée, placardée sur un avis de recherche ou agonisante dans une cellule du Guatemala. Une carte maîtresse dans un jeu plus drôle du tout, trônant sur son petit monde, défiant le roi, asservissant ses sujets. Clara sent déjà qu'aujourd'hui elle n'y arrivera pas. Anne-Marie Brak aussi mérite qu'on s'intéresse à son cas. Les conséquences de son présumé plan l'ont toujours tenue à distance d'oser quoi que ce soit. Domino l'a avertie : *Si tu passes cette borne, tu perds tes repères. Prépare-toi à un no man's land. Certains courages coûtent plus qu'ils ne rapportent... en tout cas, au début.*

Avant la Dame de Pique, la colère était un mot abstrait pour Clara. Un mot placé dans un dictionnaire qui n'avait jamais eu à s'incarner. Son enfance entre une mère effacée et un père subjugué par sa fille, sa scolarité dans des établissements privés et catholiques, aseptisés à chaque rentrée par une sélection élitiste, l'avaient tenue à l'écart de débordements nerveux. Mais cette tigresse-là, cette femme à l'accent cassant, au corps sec et rigide, brandi comme un sabre, l'avait rugie tant de fois que Clara avait dû se rendre à l'évidence. La colère existait bel et bien et elle s'incarnait, moche et mal. Rouge et suante, tordue et grimaçante. Sa chef pouvait devenir hystérique pour un éclat de rire entre deux portes, pour une pause-café qui s'éternisait, pour une virgule qui débordait d'une colonne, pour un dossier égaré. L'honnête Clara, pourtant consciencieuse à l'excès, scrupuleusement intègre, silencieuse et laborieuse n'avait jamais obtenu les bonnes grâces de l'endiablée. Tout au contraire. Depuis le début, elle s'est trouvée dans sa ligne de mire. Ce que Clara avait compris trop tard, Domino l'ayant pointé avant elle, c'est que la jalousie aussi est un mot du dictionnaire. Un mot sans logique et sans loi dès lors qu'il coule dans les veines de l'envie. *À ce stade, le dialogue ne sert à rien Petite Sœur, il faut frapper fort ou partir... abandonner la partie. Mais ne cherche pas d'intelligence là-dedans.* Clara avait mis des années avant de s'y résoudre. Elle avait posé des questions, tenté d'enquêter pour comprendre comment une femme, qui avait dû être belle - elle en était sûre, elle avait vu des photos sur le trombinoscope de la société et ce n'était pourtant pas ce qu'on fait de mieux - avait pu en arriver là. Pourquoi, comment, où, par qui ? Elle avait tout fait pour savoir. Les ragots couraient mais aucun ne justifiait qu'elle ait pu perdre toute grâce. Ses collègues tentaient de la rassurer : « Ne cherche pas Clara, y en a qui ont ça dans la peau. Ça fait trente ans qu'elle nous pourrit la vie. C'est une vieille frustrée. Son boulot c'est toute sa vie et toute sa vie, de la rage en paquet de douze. » Clara avait fini par abandonner toute envie de compassion le jour où la Dame de Pique avait explosé à la tête d'une stagiaire en la traitant de «

Fichtre gourde, t'as rien dans le cerveau ! Pire qu'un bâton merdeux ! » Cette fois-ci elle était allée trop loin. Clara n'avait plus voulu savoir ni les causes, ni les souffrances qui pouvaient la décharger. « La méchanceté, ça vous griffe plus sûrement qu'un chat », disait son père. Et c'était vrai. De profondes rides avaient taillardé le visage de cette femme. Elle était devenue laide et le faisait payer chèrement.

En réglant l'addition ce matin-là, Clara sait qu'une autre, autrement plus conséquente, l'attend. Il faut juste une fois encore ne pas penser. Se lever, là, maintenant et y aller. Elle regarde sa montre, calcule qu'elle vient de passer deux heures à rêvasser. Le garçon de café a débarrassé sa table sans qu'elle s'en aperçoive.

La foule l'a rejointe par petites grappes agglutinées au comptoir sans même qu'elle l'entende. Le bruit de la ville monte d'un coup à sa conscience.

Chapitre 3

Clara se lève d'un bond ; une vraie sauterelle depuis ce matin. Elle doit surfer sur la vague, ne pas ralentir. Continuer de ne pas réfléchir. La Dame de Pique s'enfermerait d'ici midi dans son bureau avec trois sushis et un bol de riz. Il fallait qu'elle la surprenne entre deux bouchées, qu'elle lui fasse passer le goût du poisson cru, qui, à choisir, n'aurait jamais voulu finir entre les dents d'un requin pareil ! Il y a trop longtemps qu'elle lui coupe l'appétit tous les jours à la même heure :

« Dites-moi Clara, vous passerez à mon bureau avant de partir déjeuner, je voudrais vérifier un détail avec vous. » Vérifier, inspecter, suspecter, juger, recadrer... Clara vomissait ces cinq foutues minutes où la Salope se plaisait à chercher la petite bête qui lui dévorait les entrailles. Direction rue de Rivoli. Elle a deux heures devant elle et donc largement le temps d'un détour. Une course pas ordinaire qui la fait rougir un instant. Ce sont ses collègues qui vont être contents.

Après ses achats, Clara marche jusqu'à la station Saint-Paul et déclenche le bip du tourniquet en glissant son pass Navigo. Quand elle entend le métro arriver, elle se rue dans l'escalier, saute les trois dernières marches et bondit dans le premier wagon juste avant que les portes ne se referment. Elle s'absorbe dans la lecture d'un poème que la RATP placarde à côté des espaces publicitaires. Elle aurait juré, si la signature n'avait nommé un certain F. Pessoa, que le texte était de Domino. « Être, pour moi, a toujours signifié oser ; et vouloir a signifié se risquer. » Il aurait certainement approuvé. Elle aussi commence sérieusement à y croire. De toute façon, elle n'a plus le choix. *Quand le coup d'envoi est donné, soit tu cours et tu as une chance de gagner, soit tu te laisses distancer et tu as toutes les chances de perdre. Choisis, Clara, mais ne reste pas sur place.*

Clara s'oblige à concentrer ses pensées sur les derniers instants qui la séparent encore de l'inévitable affrontement. Parler n'est pas ce qu'elle sait faire de mieux. Les chiffres ont toujours remplacé les lettres. Elle sait écrire des listes de courses par Post-it additionnés, dresser des colonnes de choses à réaliser par ordre de priorité, comptabiliser en pourcentage de rares instants de bonheur gagnés sur son iceberg affectif, mais parler ? Une misère ! Là elle court au défi. Le silence a toujours été son refuge. Pour autant les mots n'en sont pas exclus. Ils tourbillonnent même à cent à l'heure parfois. C'est sa voix qui les trahit, sa voix qui se brise. Elle n'a jamais su pourquoi. C'est mécanique sûrement, ou alors génétique. Elle doit tenir ça de sa mère. Une femme douce et fiable, dévouée et tranquille. Qui chantonne en faisant son jardin, mais jamais trop fort. « Les fleurs se murmurent, disait son père, c'est ta mère qui m'a appris ça. » Clara admirait son père - elle voulait, comme toutes les petites filles, qu'il l'aime - mais avait fini par ressembler à sa mère.

Le cri du métro en arrivant à la station Bourse la tire de ses pensées. Elle n'a rien vu du trajet. Le chemin est en elle. Elle revient de loin et l'émotion lui emplit la gorge. « Absolument pas ce dont j'ai besoin pour affronter le Dragon » pense-t-elle. Elle doit se reprendre. En appelle à Domino. Vite, se souvenir. Qu'est-ce qu'il lui dit quand elle tombe dans le puits ? *Relève la tête, Petite Sœur, redresse-toi. Un puits n'a de fond que celui de nos propres terreurs. Piétine-les et élance-toi...* » Ce qu'elle fait avec force en grimpant deux à deux les marches qui débouchent place de la Bourse. Un furtif tintement s'échappe de son sac à dos. Elle sourit. Une drôle de musique qu'il serait bête de briser dans sa précipitation. Clara s'immobilise en haut des marches. Elle absorbe le soleil de plein fouet. La lumière lui pique les yeux. Pourtant elle se force à regarder le ciel, aussi limpide et bleu que ce matin. Elle n'aurait jamais pu faire tout ça un jour de pluie, c'est évident. Il lui fallait un horizon pour ne pas buter contre ses fantômes. Elle se sent prête, regarde sa montre, onze heures trente. Clara fouille son sac, contourne le petit paquet rectangulaire, sort l'enveloppe prête depuis un mois déjà, la défroisse, sourit, se crispe, puis sourit à nouveau. En traversant les couloirs, elle croise deux collègues qui à tour de rôle l'interpellent :

- Hey Clara, tu étais où ? Tu vas bien ?...
- Clara en jean, j'y crois pas… C'est ta nouvelle armure contre le Dragon ?...

Elle murmure un « Tout va bien, je vous expliquerai plus tard… », sans s'arrêter. Surtout ne pas casser le rythme. Ne pas risquer de perdre l'élan en s'expliquant. Il n'y a rien à dire, juste à faire. Elle prend l'ascenseur jusqu'au septième étage, frappe à la porte d'un bureau annoté « P. Singer, Directeur des Ressources Humaines », attend le sésame « Entrez », ouvre la porte, dit « Bonjour », s'avance, dépose la lettre sur le bureau et annonce :

- C'est ma lettre de démission, Philippe. Je quitte mon poste ce jour. Pour les détails et les suites à donner, je compte sur vous. J'ose espérer que vous saurez arranger les choses.

Philippe Singer n'en revient pas. Il reste trois secondes pétrifié. Il n'est pas à ce poste pour l'être davantage. Il réagit aussitôt mais calmement et avant que Clara, qui a déjà regagné la porte, ne la franchisse définitivement, tente de l'en dissuader.

- Je comprends, Clara, enfin j'imagine que je comprends, mais tu sais, tu ne peux pas partir comme ça, il y a des procédures… Tu vas perdre des indemnités et des droits, il est de mon devoir de te prévenir. La maison n'a pas pour habitude de…

Il l'a tutoyée, le fourbe. S'il veut l'amadouer et jouer la corde sensible « Clara ma nostalgie », il va être servi. Elle se retourne vivement et lui coupe la parole.

- Je sais tout ça, Philippe. Tu me connais n'est-ce pas. J'ai bien réfléchi, mais fais au mieux, pour une fois, si tu vois ce que je veux dire… Fais au mieux, aie des c… Enfin, tu sais… Du courage.

Elle lui adresse un clin d'œil, referme doucement la porte et seule dans le couloir étouffe un « yes » vainqueur dans un geste cent fois fantasmé. D'accord, elle a failli le dire et s'est retenue. Mais son air outré lui a suffi. Ils avaient été amants une fois, une erreur de jugement, mais une erreur quand même. Faut dire qu'il avait mis le paquet : fleurs, poèmes et tout le tintouin. Elle avait cru à un solaire, il n'était qu'un rat de bureau ; le tout n'avait pas été très concluant. Elle avait su rester discrète. Elle n'avait rien à y gagner, lui non plus. Sauf qu'il avait pris plus de plaisir qu'elle n'en avait reçu et qu'elle espérait que sur ce coup-là, il pourrait faire la balance.

Elle rêve certainement. *Le no man's land creusait ses premières bandes de terres sèches* comme disait Domino, mais pour tout dire, à cet instant, Clara s'en fout. Ce qu'elle veut, c'est finir ce qu'elle a commencé. Moins d'une minute plus tard, à l'autre bout du couloir, Clara s'immobilise devant une porte blanche annotée « A.M. Brak, Chef de Service - Grands Comptes », frappe un coup et entre. Anne-Marie Brak finit une dernière bouchée de riz. Elle tient encore d'une main sa fourchette en plastique, de l'autre son bol vide. L'apparition de Clara l'immobilise dans son geste. Si elle ne déglutit pas, elle va s'étouffer.

Clara saisit l'instant en un regard amusé, se dirige vers la fenêtre et l'ouvre en grand.

-       Vous permettez que j'ouvre ? J'ai besoin d'air. Vous avez vu ce beau soleil ? On entre enfin dans le printemps. Vous devriez en profiter vous aussi !

Elle accompagne son geste d'une respiration soutenue, le corps penché dans le vide à scruter la place agitée de passants indifférents et pressés. Les huit étages rendent les bruits de la rue sourds et le délit de pollution filtré. Le silence dans la pièce accroît encore cette impression d'espace protégé. Une onde de confiance traverse Clara. Elle se retourne vers la Dame de Pique toujours raidie dans son geste, bouche entrouverte, la mastication suspendue. On y voit des restes de riz mal mâché et déjà un mauvais sourire enflammer ses joues. Clara s'avance vers elle et s'assoit en douceur sur la chaise placée de biais derrière le bureau.

Cette même chaise où chaque midi elle se tortillait de maladresse à justifier chacun de ses faits et gestes.

Puis elle scrute l'espace.

Derrière la femme, sur une étagère, sont posés une miniature de chat en porcelaine grise, un mini bonzaï au tronc noueux et des boîtes d'archives soigneusement alignées. Les murs blancs affichent un unique poster de peinture marine : des vagues grises enroulées de brume avec, au loin, un phare à la lumière blafarde. Le portemanteau soutient une épaisse fourrure en chèvre imprimée, un sac à main de cuir noir et un parapluie pliant automatique. Deux armoires métalliques se dressent côte à côte, toutes les deux semi-ouvertes, laissant entrevoir des dossiers suspendus, rigoureusement numérotés. Le regard de Clara glisse sur chaque arête, à l'angle de tous ces objets qu'elle semble voir pour la première fois, et s'immobilise sur le bureau. L'ordinateur en veille balance en blanc sur fond noir un laconique « Je suis en repos ». D'un pot à crayons octogonal où chaque stylo a son capuchon, dépasse un coupe-papier en métal argenté. Des dossiers sont empilés avec rectitude. On peut lire sur chaque tranche, écrites à la règle, des initiales suivies de deux chiffres. Le seul désordre de la pièce provient d'une odeur de nourriture, émanant d'un plateau-repas à demi consommé, sur un set de table en paille marron.

Quelques secondes ont suffi à Clara pour fustiger au laser chaque mètre carré de ce bureau. Un flagrant délit de néant. Une mise à nu sans appel. Une profonde lassitude l'envahit d'un coup. Il lui semble qu'elle n'a plus rien à faire ici. Malgré la tension qui étouffe Anne-Marie Brak et qu'elle ne va pas tarder à libérer, Clara goûte l'abandon, une sorte de paix intérieure. Toutes les réponses à ses questions sont là, dérisoires et simples. La pitié remplace la colère. Elle va pour se lever quand la Dame de Pique lui fait volte-face. Sa colère grince des dents, se retient encore. L'attitude de Clara, face à elle, le regard droit et sans peur, la déstabilise. Et d'un coup le barrage cède.

- C'est quoi au juste votre problème, mademoiselle Baron ? Et qu'est-ce que vous fichez là ? Vous n'écoutez jamais votre répondeur ? On vous a cherchée toute la matinée ! Vous étiez où ? Vous vous croyez où ?

Clara tressaille. L'instant de grâce vient de passer. Chassé d'un coup par cette voix aiguë qui, une fois de plus, une fois de trop, vient de l'atteindre. La Dame de Pique prend son élan, Clara le sait, dans un instant la colère jaillira et rien ne l'arrêtera. Le visage d'Anne-Marie Brak vire déjà au rouge, ses yeux rapetissent, ses lèvres tressautent, son corps s'arc-boute au-dessus du bureau. *Quand elle se lève ainsi, coupe court, Clara... lève-toi aussi... cette femme n'est plus qu'une ombre... tu peux la traverser.* Quelque chose en Clara cède au souvenir de ces mots. À voir grandir au-dessus d'elle le spectre de cette femme sur le point de l'engloutir, elle comprend ce que Domino essayait de lui dire. Alors elle se lève et dans l'élan un cri lui échappe. Un mot, unique, simple, qui immobilise tout net la Dame de Pique.

- STOP !

Elle se baisse pour ramasser son sac, en sort la petite boîte rectangulaire achetée ce matin et qui résonne encore d'un léger murmure lorsqu'elle la pose brusquement sur le bureau. Elle défie la femme plantée devant elle et répète.

- STOP !

Sa voix n'est ni un murmure ni brisée. Elle l'entend enfin vibrer en dehors d'elle. Ce long monologue ressassé si souvent, de l'intérieur, en sourdine et qui trouve enfin son timbre juste. L'ombre de cette femme au verbe trop aigu ne lui fait plus peur. Elle se radoucit.

- Stop, tout simplement stop. Stop à vous, à vos cris, à vos crises, à votre autorité, à votre méchanceté. Des années que vous pourrissez la vie de tout le monde, la mienne et certainement la vôtre. Longtemps j'ai eu peur, de quoi, je ne sais pas au juste. Et là, depuis que je suis entrée, je vous regarde et j'ai tout simplement pitié. Je ne sais pas ce qui vous est arrivé et pour tout vous dire, aujourd'hui je m'en fous. J'ai donné ma démission ce matin, j'étais juste venue vous le dire. Ça et d'autres choses aussi. Mais qu'importe…

La Dame de Pique reste bouche bée, la colère sourd en cernes sous ses yeux. Elle écume de rage. L'affront l'a sidérée. Clara a envie de rire. Un rire nerveux et fatigué. Toute sa vie, les ombres l'ont privée de voir. L'ombre de son père, ce géant de lumière. Sa mère en sillage dans les vapeurs de sa cuisine ou sous son chapeau de paille. Les murs à l'abri desquels son éducation s'était sagement tenue coite. Ces hommes de lumière qui trouaient ses nuits d'éclairs furtifs. Ces colonnes de chiffres qu'aucun mot ne venait incendier. Tous ces autres que le jour éclairait et à l'ombre desquels elle frayait en silence. Et cette femme sous le joug de laquelle elle s'escrimait à faire ses preuves. *Tu vis dans l'ombre, Clara, invisible à toi-même parce que tu es sage et parce que tu as peur. Tes rêves planent au-dessus de toi, ils te cachent l'horizon. Fais-les descendre à l'intérieur, rejoins-les… qu'ils te guident ;*

C'est là, évident et frontal. En mots dans sa tête. Vertigineux et brutal.

Elle reprend son souffle et continue :

-    … qu'importe de qui, de quoi, comment, pourquoi… je n'ai plus aucune leçon à recevoir de vous, aucune à vous donner. Et même, je suis désolée. J'espère que mon cadeau vous servira. Un jour, avec le recul. Ce n'est pas très malin, mais…

Clara repense à toutes ces fois où avec ses collègues, ils avaient ri de la Salope, la traitant de mal baisée, frustrée chronique, coincée du cul. C'était un temps où leur propre veulerie mettait en scène des envies de vengeance aussi sordides que misérables. Elle a pitié d'elle-même, se sent lâche. Domino a raison. *Il y a parfois du courage à fuir.* Ce qu'elle fait aussi soudainement que lorsqu'elle a frappé à la porte de la Dame de Pique et est entrée sans y être invitée. Elle dévisage une dernière fois la femme, debout derrière son bureau, muette d'effroi. Son silence pesant, contenu dans ses maigres poings, agrippés à la table est une victoire. Clara n'en ressent pourtant aucune gloire. Toute cette mise en scène l'a épuisée. Elle sort à reculons, le visage crispé dans un hoquet, signe avant-coureur d'un bouillon de larmes adjacent qu'elle se force à ravaler. L'urgence est de fuir.

Chapitre 4

Clara a marché pour rentrer, faisant un long détour en remontant vers le Sacré-Cœur, piquant ensuite jusqu'au début du canal Saint-Martin avant de tracer tout droit jusqu'à son appartement. En quittant la place de la Bourse, un vide abyssal l'a cueillie qui s'est soldé par une salve de larmes comme elle n'en a connue depuis longtemps. En y songeant plus loin, elle se surprend à penser « comme jamais en fait ».

Elle s'est cachée sous un porche de la rue Vivienne, hoquetant d'indignation. Pour ce qu'elle vient de faire, pour s'exposer ainsi au regard des autres, pour tout ce qu'elle a refoulé trente-cinq ans durant et qui la déborde à présent. Des milliers de questions qu'elle ne peut stopper irradient sa tête. En se retenant de hurler, elle a retrouvé un semblant de maîtrise et a pensé « Je renonce. » Elle doit rester digne. Ces débordements ne lui conviennent pas, ne correspondent à rien. Et qu'est-ce qui les justifie, sinon sa propre lâcheté depuis des années ?

Face au Chinois, elle aurait pu déménager.

Face à la Dame de Pique, démissionner.

Quant à Jérôme…

Oui, mais tu ne l'as pas fait Clara, et tu sais bien pourquoi. Tu es comme tout le monde. Il te faut la goutte qui fait déborder le vase, le lot des timides et des lâches, des introvertis et des doux… Les méchants, eux, n'ont jamais besoin de pousser leurs limites. Et tu sais pourquoi ? Parce qu'ils n'en ont pas, tout simplement.

Au premier écart, ils frappent et tant pis si ça fait mal !

Depuis quand Domino lui insufflait-il toutes ces réponses ? Et en quoi ces réponses devenaient-elles les siennes ?

De retour chez elle, Clara a retrouvé son calme. Elle n'a croisé personne, ni son fanfaron chinois, ni sa harpie de concierge. Rien que le silence et toute sa solitude emmurée autour d'un minuscule trou. Elle a balancé son sac, son manteau et ses chaussures et s'est vautrée sur son canapé. Armée de quelques amandes salées et d'un verre de jus d'orange, les jambes surélevées sur l'accoudoir, elle considère à présent son mobilier d'un regard las. Simple, pratique, dénudé. Aucune photo, chaque chose à sa place. Des murs blancs. Des meubles à l'avenant. Un canapé gris.

Une cuisine à l'américaine, rangée, propre, fonctionnelle. Dans sa chambre, un lit, un meuble trois tiroirs, des placards encastrés. Est-ce pour cette raison qu'elle a choisi cet appartement ? Des murs blancs, des cloisons partout. Il faudrait fouiller les penderies, ouvrir les tiroirs. C'est peut-être là que règne le désordre. Même pas !.

L'extérieur comme l'intérieur se veut zen, épuré. Surfaces lisses et propres. La couleur n'existe que dans les feuilles des plantes postées à chaque coin de pièce. Et elle, herbe folle ou ronce, brindille, écorce oubliée ? Entre quatre murs et de larges baies vitrées. Pour la lumière, celle du dehors, celle des autres. « Plein sud », lui avait dit le gars de l'immobilier, « merveilleusement bien exposé ».

Comment avait-elle pu être si sourde ? « Espèce de gourde, enfant gâtée, bonne petite fille à son papa, pâle reflet de sa maman, mais bon sang, qu'est-ce qui m'arrive ? »

La rage déborde à nouveau de Clara. Depuis ce matin elle fait le yoyo. Les montagnes russes. Beaucoup trop d'émotions pour une seule journée. Elle en veut au monde entier sans savoir que le monde entier se résume toujours à soi.

En deux temps trois mouvements, elle bondit du canapé, s'assoit devant sa grande table vitrée et allume son ordinateur. Elle se connecte à Internet, ouvre un chat et tape frénétiquement sur son clavier :

- Hey, Domino, réponds ! C'est pas le moment de t'envoyer en l'air ! Je l'ai fait, tu m'entends ? Ohé, atterris ! Mais t'es où ?

Les minutes qui suivent semblent interminables à Clara. Il ne faut pas que Domino la lâche maintenant. C'était trop tôt ou trop tard. Il avait promis. Jusqu'au bout. Il avait même juré. En attendant, elle va surfer sur son blog. Deux à trois fois par semaine, il poste des courriers sous forme de lettres, de poèmes, de questions réponses, parfois de nouvelles, le plus souvent en formulant seulement « Petites pensées du jour ». Clara est fan depuis le début ainsi que des centaines d'autres. Domino sur la toile n'est pas un inconnu. C'est un ami, un poète, un confident, un parent, un psy. Il a la notoriété de celui qui sait écouter et encourager. Il se fait appeler Domino, personne ne sait pourquoi, sauf Clara. Elle et lui, depuis le début, c'est autre chose. Ils ne se sont jamais rencontrés mais bientôt, il a promis. Elle est son amie, sa Petite Sœur, il le lui a dit. Parce qu'elle est différente. Spéciale. Qu'à présent, ils savent beaucoup de choses l'un sur l'autre. *Les autres veulent juste se nourrir de moi. Toi, tu as voulu me connaître. Alors à toi je dirai tout* ; En attendant, il ne dit toujours rien. Et s'il est parti, ça peut durer des jours avant qu'il ne se reconnecte. Son dernier message date de ce matin cinq heures et s'appelle « Métamorphose ».

C'est le vent qui l'a réveillé, un souffle chaud glissé par la fenêtre de sa chambre restée entrouverte. Comme un léger frisson à fleur de peau, un filet d'air venu naturellement caresser l'aube, accompagner le jour. Les yeux clos traversés encore par les dernières images d'un rêve qui bientôt ne lui appartiendrait plus, il jouissait de cet instant fragile et ténu où se mélangent en soi les possibles oniriques et les incertains du réel. C'était un matin léger comme il n'en avait jamais connu. Il se sentait flottant, aérien, guéri d'apesanteur. Posé en silence sur le fil de la vie, en bruissement sourd sur l'écho de la matière. Une liberté nouvelle, fugace, faisait frissonner son corps, éveillait ses sens, l'élevait au-dessus du monde. Il a senti combien à cet instant il lui serait facile de voler. Suivre le courant, ce rai de lumière tendu jusqu'au dehors et par delà lequel un clignement de paupières ajourait ses espoirs. Il ne reconnaissait rien de cette lourdeur qui enfouissait sa tête chaque matin dans l'oreiller et contre lequel il voyait, nostalgique, se rider en plis serrés les songes abandonnés. De quelque côté qu'il se retourne, nulle entrave à ses gestes, rien d'autre que de l'espace. Des intervalles à n'en plus finir, aussi grands que l'horizon. Il se sentait le corps majestueux et tout auréolé de couleurs, soyeux et souple comme le sont les sourires des enfants. Tout en lui regorgeait de parfums sucrés aux senteurs florales, arômes confondus issus d'une respiration aussi mince qu'entêtante. En son centre battait un minuscule embryon de cœur soulagé de peine, pulsant l'espoir. Ses pensées autrefois glacées, graves et contraignantes papillonnaient un air neuf, joyeusement éthéré, aux ambitions vaporeuses. Le jour l'habitait tout entier, l'instant l'enhardissait. Il n'y avait plus ni passé ni futur, mais un présent parfait, quintessence de vie, sucs essentiels. Son existence entière reposait là, au milieu de l'oreiller, soutenue par un vent chaud. Il lui suffisait d'un battement d'aile pour croire que papillon devenu, il puisse enfin s'élancer. »

Clara relit le texte, abasourdie, et survole les cinquante huit commentaires enregistrés depuis ce matin.

D'ici ce soir, ils auraient doublé et demain, certainement triplé.

Elle inscrit le sien, troublée, presque émue :

- Toujours aussi énigmatique, Domino ? Joli, poétique, flou, à la limite de l'étrange mais pour moi, si tu savais... la métamorphose... à croire que tu étais là ? Elle reste songeuse, les doigts en arrêt au-dessus du clavier, quand elle entend le bip de la connexion sur sa messagerie.

La boîte de dialogue s'ouvre instantanément.

- Je suis là, Petite Sœur. Je me pose tout juste. Alors tu l'as fait... vrai ???

Clara se ressaisit, n'hésite pas. Depuis le temps qu'ils en parlent, elle va droit au but.

- Yes ! Yes ! Yes ! Le Chinois : pilonné. Le Rat de bureau : singé. La Dame de Pique : défroquée. Et demain, si je ne meurs pas étouffée par les remords, le Beau Gosse emmuré. Je pourrais bouffer la terre entière. Qu'est-ce que tu dis de ça ?

Domino, à l'autre bout de la ville, exulte. Rapidement, il ouvre un dossier, laisse défiler une longue liste de fichiers « .doc », en choisit un, double-clique et retourne sur sa messagerie.

- Lorsque marchant sur notre fil de lumière, nous faisons ce pas dans l'inconnu, nous devons croire que l'une de ces deux choses se produira : ou il y aura quelque chose de solide sur quoi se hisser. Ou il nous sera enseigné la manière de voler.

Quand Clara lit sa réponse, elle soupire, déçue.

- Merde Domino, je suis sérieuse là. J'en ai assez de tes devinettes à deux balles et en plus celle-là date un peu. C'est juste un copier-coller de ton message d'accueil. Retire ton masque une bonne fois pour toutes ! Je vais finir par penser que tu es pire que moi !

Ça y est ! Il la tient. Enfin !

Clara devient impatiente.

La bascule peut verser.

Il sera aux premières loges. Sainte Clara, que tes vœux soient exaucés.

- Je dis Bravo Petite Sœur. Suis bluffé …

- Et moi, lessivée... j'ai l'impression d'avoir vécu cent ans en un jour. Ton texte tombe à pic et moi de sommeil. Je crois que je pourrais dormir mille ans…

- Certainement pas ! Demain tu continues, tu es sur la bonne voie, tu me tiens au courant, je ne bouge plus, suis aux aguets et dimanche à l'aube, quand tu seras définitivement libre, je te promets un réveil magique…

Clara sait de quoi il parle. Des mois qu'il lui promet ce fameux dimanche magique. Elle devrait sourire, se réjouir, crier victoire, elle n'en a plus la force. Elle ne prend pas la peine de répondre. Ça peut attendre. Tout peut attendre à présent. Au moins jusqu'à demain. Sa lassitude est telle qu'elle n'éteint pas son ordinateur, oublie de passer par la salle de bains et se laisse choir sur son lit sans se déshabiller. L'urgence est de dormir. Là. Tout de suite. Dormir et ne plus penser.

Oublier.

Chapitre 5

Il en était à six mille huit cent cinquante-cinq pièces. La fresque recouvrait presque entièrement le sous-sol de la maison. Cent cinquante mètres carrés, deux piliers centraux et une dalle en béton qu'il avait entièrement renivelée. Mètre par mètre, parfois à quatre pattes. S'improviser maçon prenait du temps et fabriquait pas mal d'erreurs. Repeindre l'ensemble, de bas en haut, s'était avéré tout aussi délicat. Lisser le sol en évitant qu'un éclat de peinture ne fasse ricochet sur son parcours lui avait valu pas mal de sueurs froides. La poussière était devenue son pire ennemi, l'escalier qui descendait à son Home Domino, son pire cauchemar. Il avait dû faire intervenir un spécialiste. Créer un sas. Poser une cloison coulissante qui fonctionnait avec une lenteur qui l'exaspérait autant qu'elle le rassurait. Le moindre courant d'air pouvait être fatal, le plus petit résidu une catastrophe. Il n'avait pas les moyens, ni humains ni techniques, des bâtisseurs. Il était loin de leur record et de leur suprématie. Son défi était autre. À taille humaine, purement égoïste. Les caméras de télévision ne pénétreraient jamais ici, ne filmeraient jamais sa cascade. Il n'en avait pas besoin. Il avait lui-même installé plusieurs caméscopes qui enregistraient chaque minute de sa construction. Quand il serait prêt, il la mettrait en ligne, via son blog. Ses fidèles le relaieraient. Il toucherait alors plus de spectateurs que lors du dernier Domino Day de 2009.

Il s'était découvert cette passion, un an plus tôt, en surfant sur la toile. Un de ses fidèles avait relayé une vidéo postée sur You Tube d'un amateur qui avait imaginé un parcours sur plusieurs tables de billards. De la belle esbroufe ! Ses premiers essais avec des carrés de sucre l'avaient aussitôt conquis. Il avait passé une nuit à aligner des lignes entières jusqu'à trouver l'équilibre parfait qui hisse la dégringolade en un art de toute beauté. Une chute fluide et lisse qu'il avait tout de suite apparentée à la métaphore du papillon selon la théorie du chaos. À la différence près, essentielle, que l'on en maîtrisait et la première impulsion et les conséquences. Rien n'était plus aléatoire qu'une chiquenaude. Il était bien placé pour le savoir. Sa vie avait basculé comme ça, cinquante ans plus tôt. Il en avait perdu le contrôle sans jamais réussir à le reprendre. La chute des dominos qu'il avait appris à maîtriser, nuit après nuit, d'après un script téléchargé sur Internet, l'avait sorti de son inertie. Enfin quelque chose qu'il pouvait maîtriser, structurer, contenir. Qui obéissait à des règles que lui seul établissait. Une stratégie patiemment construite qu'aucun battement d'aile de papillon ne pouvait souffler. C'est pourquoi il avait érigé son Home Domino comme un sanctuaire dont lui seul détenait la clé. Sa puissance pour autant ne dépassait pas les cent cinquante mètres carrés de son sous-sol. Ce qu'il avait conçu demandait une application plus grande. Une incarnation humaine. Clara était devenue sa pièce maîtresse à la première connexion. Elle s'était elle-même affublée du pseudonyme « Amibe ». L'occasion était trop belle. L'analogie évidente. L'expérience tentante. Il la transformerait malgré elle. Patiemment. Mot après mot. Domino après domino. Comme il s'était sauvé lui-même. Elle était à l'état brut. Il en ferait une œuvre d'art. Et sa mère serait fière. Il en était sûr.

Clara était parfaite.

Chapitre 6

Clara a dormi d'une traite, d'un sommeil aussi caverneux qu'un trou noir. Le corps en diagonale, dans la même position que lorsqu'elle s'est laissée tomber, douze heures auparavant. Sur le ventre, les bras autour de la tête, jambes écartées. Masse lourde et immobile qu'aucun rêve ni cauchemar n'est venu agiter. Une parfaite apnée à la réalité qu'un soleil dissident vient brutalement réveiller. Instinctivement elle s'en cache. Ramène son corps en position fœtale. Trop tard ! Son coma nocturne n'a été qu'une trêve. Le jour est là, et avec lui, tout le poids de ses angoisses. Les souvenirs de la veille affluent en force. Noués dans sa gorge, étouffant son cœur, vrillant son estomac. La peur s'infiltre de nouveau, compacte et dure, en petites boules diffuses. Clara est sur le point de vomir. Déglutit avec peine. Une acidité nauséeuse au fond de la gorge. Bile de révulsion et de colère. Et toujours ces foutues larmes gonflant l'ourlet de ses paupières.

Pitoyable !

Dans un énième hoquet écœurant, Clara se rue dans la salle de bains. Vite se laver la tête. Plonger sous l'eau froide. Raffermir sa volonté. Nettoyer ses doutes. *Ne reste pas prostrée. Réagis, bon sang ! Bouge, Clara... bouge !*

Les mots de Domino, entêtants, provocateurs, agressifs. Qui lui font tellement de bien. Et sa voix, ourlée, compatissante, profonde. Entendue plusieurs fois sur son blog dans un enregistrement destiné à ses internautes. Qui l'avait décidée, un soir, à poster son premier commentaire. Elle en connaît le contenu par cœur, peut se le réciter sans faute.

Un message à tous ceux qui m'en ont prié. Au-delà des mots écrits et partagés, entendre ma voix. Faire écho à la vôtre. Enfouis dans la nuit. Privés de matins clairs. Muselés par l'interdit. Nos voix. La mienne ou la vôtre. Une voix. Ne lui cherchez pas de timbre, de sons, d'accent. Vous ne la connaissez pas. Moi-même je la découvre avec vous. Elle est vierge, elle est neuve. Elle a mille ans. Elle bruit depuis bien longtemps avant moi. Ses mots sont des rasoirs. Ils ouvrent des plaies. Racontent l'origine. Ecoutez-la, suivez-la, épelez-la, partagez-la ou taisez-la, que m'importe ! Enfermez-la, elle reviendra. Au-delà des silences, elle s'écriera. D'ailleurs, n'est-elle pas déjà en vous ? Ce n'est même pas ma voix. C'est la Voix. Un cri, un silence, un murmure. Haché, saccadé. En flot, tourbillon, mémento. Ne la cherchez pas ailleurs qu'en vous. Elle est là. Vous l'entendez ? Moi-même je vous écoute. Dites-moi...

Un communiqué à l'image de Domino. Tout en ellipse, en interrogations, plein de sous-entendus. Qui invite à se dévoiler. Suggère. Tend la main. Et Clara, pour une fois, avait osé. Ça lui avait plu de ne rien savoir, d'être là incognito, au milieu d'inconnus tout aussi mystérieux. De partager des pensées sans rien connaître des vies. Le factuel est souvent grossier, identique, misérable, mais pas les pensées. Pas les tribulations de l'âme. Celle-ci a une pudeur, des hésitations, une singularité. Tous usaient de symboles, d'images, d'envolées. Chacun se confiait sous couvert d'un pseudonyme. On savait tout et on ne savait rien. Bien sûr, tous les internautes n'avaient pas la prose de Domino. La plupart même avaient le verbe acerbe et la revendication provocatrice. Des mots crus et une violence sous-jacente. Mais Clara savait zapper ce qui ne lui plaisait pas.

On appelait ça « faire l'autruche ». Trente-cinq ans qu'elle en avait reçu l'habilitation exclusive.

Pour entrer en connexion, Clara avait dû créer un profil, choisir une photo, remplir un questionnaire. Nom d'entrée « Amibe ». Ça lui était venu comme ça, sans réfléchir, en parcourant les pseudos qui s'affichaient : « Oubli – Panda – Rictus1 – Paradis – Sans-façon » et tant d'autres. Elle avait trouvé une photo représentant cette espèce d'invertébré. Le cliché était sombre. On aurait dit une tache. Flottante, sans consistance, embryonnaire. « De quoi nourrir plusieurs séances de psy », avait-elle pensé. Un foutu spécimen, d'une simplicité fonctionnelle et structurale déconcertante. Parangon privilégié de laboratoire et d'étude.

Abominable !

Qu'elle ait à ce point une si terne opinion d'elle-même l'avait effrayée. Jugement aussitôt tempéré lorsque Domino lui avait révélé que le nom « amibe », issu du grec « amoibe », signifiait aussi « transformation ».Instinct de survie, inconscient bienfaiteur, « Amibe » avait sauvé Clara de l'inertie. Lentement. Mot à mot. Soir après soir. Tissant entre elle et Domino un lien unique. Elle avait déroulé au fil de ses connexions une correspondance virtuelle que la réalité finissait par rattraper.

Tout en s'habillant, Clara repense à son Chinois pilonné aux accords de Didier Super. Elle a bel et bien pété les plombs hier. Ce n'est pas sans conséquence et elle le sait. La Dame de Pique ne lui pardonnera pas de sitôt. Elle a franchi la ligne blanche. Mais à quoi bon reculer, se flageller. Autant aller jusqu'au bout. Jérôme n'a pas été le pire. Elle aurait pu faire comme si, passer outre. S'il payait aujourd'hui, c'est juste parce qu'il était le dernier. Le dernier des menteurs, le dernier des hypocrites et des lâches. Le dernier à l'avoir trompée. Après ça, elle irait rejoindre Domino. Libre. Neuve. Débarrassée de ses tentacules aliénants. Il avait promis. Elle allait lui dire oui. *Oui demain dès l'aube à l'heure où blanchit la campagne*...

Elle serait la seule à l'avoir rencontré. Enfin ! Lui, au moins, tenait parole. Sa résolution est prise, sa pensée aiguisée, son énergie raffermie. Un sentiment d'alacrité proche de l'extase étaye sa volonté d'une vigueur jusque-là inconnue. Clara connaît l'adresse personnelle de Jérôme. Elle l'a trouvée sans mérite, dans l'annuaire, un jour où Domino le lui avait suggéré. *Au cas où, ne néglige pas cette piste, on apprend beaucoup d'un endroit. Va voir... si tu attends qu'il t'y emmène.* Et c'était vrai. Du jour où elle avait atterri rue César Franck, elle avait compris. L'argent fleurissait au balcon comme des géraniums abondamment arrosés. Le mètre carré devait aligner quelques zéros surréalistes. La couleur jaillissait des rebords de fenêtres mais la rue, emmurée de façades, ne retenait pas la lumière. L'ensemble était aussi propre que désert. Tous les volets étaient fermés, repliés sur des mouvements qui ne se laissaient pas surprendre. Il y avait des digicodes, des portes lourdes, un silence compact. C'était un lieu sûr, efficace et sans surprise. La retenue était de mise. On devait s'y sourire du bout des lèvres. Elle était restée une heure à traîner dans le quartier. Elle avait surtout croisé de vieilles gens, de nombreux caniches et pas une seule poussette. Pour un samedi après-midi, on pouvait trouver mieux ! Que Jérôme s'y emmerde, étouffe, n'en puisse plus, ne l'avait pas étonnée. Qu'il ait eu envie de tout foutre en l'air paraissait évident.

Elle l'avait cru. Longtemps.

Il n'avait jamais su qu'elle avait passé une après-midi aussi près de lui et de sa femme, de son tombeau comme il disait. « Tu ne peux pas savoir à quel point j'enrage, combien je ne vis pas. Cet endroit est un mouroir, rien ne vit ici, tout survit. Tu comprends, c'est un legs de ses parents, elle y est attachée, mais on y est figé. Je ne sais pas te dire… c'est dans l'air… quelque chose est mort ici qui n'en finit pas de pourrir. Elle s'acharne à penser le contraire, m'a fait dépenser des fortunes à rénover chaque pièce. On dirait une thanatopractrice, elle veut redorer le blason, mais la lignée n'a plus de sève, d'une rigidité cadavérique. Tu sais depuis quand on n'y a pas fait l'amour ? Depuis le début… ici j'ai jamais pu… »

Clara était venue, avait vu et l'avait cru.

Et pourtant.

Un an qu'il s'asphyxiait à rentrer chez lui dès qu'il quittait ses bras. Un an de promesses et d'attentes, d'allers et de retours, de dimanches solitaires, de soirées annulées, de cinq-à-sept affamés, de week-ends reportés. Un an sans qu'il ait, au final, le courage d'affronter sa femme. Elle en était venue à le détester. Clara sent une fois encore que son ardeur l'abandonne. Elle veut fuir. Ne pas avoir à se battre. Le conflit n'est pas dans ses cordes. Les paroles de Domino, qu'elle se récite souvent comme un mantra, la sortent de son immobilisme. *Tu ne vas pas à la guerre, Petite Sœur, tu vas au-devant de toi, tu dégages le chemin, pas après pas, à ton rythme. Ne force rien, laisse venir. Le courant, tout est là, Petite Sœur... le courant.*

Durant tout le trajet, Clara se concentre sur ce fameux courant. Elle étouffe dans sa vie. Elle ne l'a pas rêvée ainsi. Elle a fait ce qu'on attendait d'elle, a été ce que son père voulait d'elle. Elle s'est trahie par amour et par lâcheté aussi. Le chemin était si simple, sans aucun vent contraire. Mais ses rêves l'emportent ailleurs. Dans son corps, un flux vital agonise d'être à ce point la Clara parfaite et constante. Elle n'ose de fantaisie que dans le tumulte de ses amours secrètes. Des hommes qu'elle choisit à mille lieues de ces terres arides. Des hommes solaires aux comportements imprévisibles. Qui disent n'avoir peur de rien et oser tout.

Mais qui au final la déçoivent.

John, son bassiste de Saint-Germain, aux accords nocturnes, aux yeux perpétuellement flous. Qui l'avait laissée à la porte de sa passion. Noctambule sans limites qui avait à tout jamais inversé le cycle des jours en vieillissant la nuit dans des caves si basses qu'elle ne l'avait jamais vraiment vu debout et encore moins de jour.

Jérémy, son mutique au regard doux, profond, impénétrable. Ce maestro de la bande dessinée qui aussitôt la dernière bulle esquissée lui avait avoué que chaque femme était une muse mais qu'aucune ne serait l'unique. Et qui l'avait plantée d'une dédicace inachevée. Une parenthèse de trois petits points, promis à tous les espoirs, pourvu que l'on croie à l'éternité.

Bruce et ses tours de magie légendaires qui, dans un bouge de Montparnasse, l'avait invitée à se métamorphoser en assistante contorsionniste. Un long mois pendant lequel elle avait cru tout expérimenter de ses tours de passe-passe avant que le dernier ne la laisse seule à la porte du cabaret où il n'avait plus remis les pieds.

Et Jérôme qui l'avait rassurée. Bien propre dans son costume et sa Mercedes aux vitres fumées. Mal marié, dépossédé de sa vie, renaissant depuis Clara. Plus qu'un solaire, un incendie qui l'avait consumée entièrement. Ses mains avaient conquis sa chair, la modelant à tous ses désirs. Ses promesses de quitter sa femme lui avaient laissée espérer que tout était possible. Puis il l'avait trahie. Une fois encore. Etait rentré tête basse vers sa légitime.

« Qu'il y reste ! Le lâche ! »

Ce sursaut verbal tire Clara de ses divagations. Elle ne s'est pas entendue jurer mais son voisin la regarde bizarrement. Elle est dans le bus. Un samedi matin elle n'aurait pas cru voir tant de monde. Elle hausse les épaules. S'ils savaient...

Au 7 de la rue César Franck, Clara a de la chance. Le préposé des postes commence sa tournée. Quand il pénètre dans l'immeuble, elle le dépasse dans un frôlement circonspect et murmure un bonjour poli. La concierge qui ouvre sa loge pour réceptionner le courrier ne s'aperçoit même pas qu'une ombre vient de la devancer. À chaque étage, Clara ne compte qu'une porte par palier, elle s'arrête en sueur devant celle du troisième et déchiffre la plaque en métal chromé « Jérôme et Bénédicte PISSOT ».

Son cœur cogne dans sa poitrine, demande à en sortir. Une poussée de rage la submerge. Aussitôt remplacée par la peur. Clara est tétanisée. Imaginer une chose et la réaliser sont deux mondes. Chez elle, dans sa tête, entre les lignes virtuelles de son écran, tout était facile. Ou presque ! Mais ici, même le silence l'effraie. Chaque mouvement peut être un signe d'alerte. Le bruit de son angoisse lui enserre la tête. Elle est certaine, que même à deux rues de là, tout le monde peut l'entendre. Elle se force à ouvrir la bouche, s'oblige à respirer. *Respire Petite Sœur, du ventre jusque dans la bouche, tu as le temps pour ça... concentre-toi.* L'urgence du commandement fait son effet. Il suffit d'y penser fort et de le répéter souvent.

Elle retrouve toute sa mobilité en ouvrant le sac qui contient sa vengeance.

Le vendeur l'a prise pour une idiote en lui recommandant de bien faire attention

\- Z'êtes sûre que vous saurez ? Parce que ces machins-là, si ça vous glisse entre les doigts, vous z'êtes pas prêt de les récupérer… »

Elle avait rigolé, bêtement, le rassurant.

\- Pensez donc, c'est pas moi qui vais utiliser ça, j'ai un expert à la maison, je lui dirai pour les doigts, ça serait bête tout de même…

Il lui avait adressé un clin d'œil. Tout juste s'il ne lui avait pas tapé dans le dos ! Clara déchire les emballages le plus silencieusement qu'elle peut, mais tout de même, le plastique et le carton, ça vous poisse un silence. Elle en écoute l'écho, tout juste un bruissement, n'en trouve pas d'autres aux étages et dans le couloir. Personne ne sort voir ce qui se passe. Mais avec une concierge trois étages plus bas, tout peut arriver. « Bouge, Clara, t'as pas toute la vie non plus », pense-t-elle en sueur. Elle arme le Sikaflex dans le pistolet et d'un regard pro juge l'état de la porte qu'elle s'apprête à mastiquer. Le bois a vécu. Dans ces vieux immeubles, même rénovés, le bois travaille toujours. Et d'ailleurs, on le laisse joliment faire. C'est là que réside le charme. Dans une porte habitée par les siècles et adoucie par l'usure. Clara prend soin de coller le moindre interstice. Elle fait le tour des joints, sature la serrure, recouvre l'œilleton, souille même la jolie plaque dorée. Ça bave un peu, beaucoup même. Tant pis, elle n'a pas le temps de fignoler. L'idée, c'est de lui fermer son clapet, à ce lâche de Jérôme. Qu'il se les ravale ses foutues promesses et ses grands serments d'amour. Qu'elle ne l'entende plus. Qu'il s'étouffe dans le surplus de ses mensonges, ici même, dans son tombeau. Elle va refermer son cercueil. Ils y dormiront, lui et sa femme, du sommeil des impuissants. Il va l'avoir sa grasse matinée du samedi !

Au moins quelques heures de plus, le temps pour Clara de déployer ses ailes.

T'es rien qu'un petit oiseau, tu t'essouffles à voleter quand tu pourrais planer. Déploie tes ailes, Petite Sœur, prends de la hauteur. Domino avait su trouver les mots. Depuis le début.

Son œuvre accomplie, Clara redescend les trois étages à pas de loup. Personne n'est venu. Elle a oublié sa peur. L'adrénaline coule dans ses veines. Elle a eu le temps de bien blinder la porte. D'ici quelques heures, le polyuréthane ferait son effet. Clara jubile.

Place Breteuil, elle s'affale littéralement sur un banc. Le soleil, en cet endroit, embrase tout. Elle tombe la tête en arrière, ferme les yeux et respire. Sa tête explose de plaisir. Et de regret ! Un seul. Minuscule mais sans fondement tant il s'était avéré impossible. En listant le nombre de couleuvres que Jérôme lui a fait avalées, elle a failli lui en faire livrer une demi-douzaine. Un lâcher sauvage sur son balcon une veille de vacances. Celles qu'il n'avait jamais prises avec elle mais toujours avec sa femme. Un vivarium de petites bêtes sinueuses et fourbes comme l'avaient été toutes ses promesses. Il avait fallu choisir. Elle avait préféré le moins dangereux. Ni pour elle, ni pour lui. Mais pour les couleuvres.

Chapitre 7

Clara goûte l'instant. Et cet instant est magique.
Quelque chose en elle s'est libéré. Tous les noyaux
durs, les boules d'angoisse, les nerfs de peur se
sont distendus. Jamais elle n'a ressenti ça. Cette
certitude d'être là, juste là et bien là. Rompre peut
être une délivrance et ce, de quelque façon que ce
soit. Elle cherche en elle une trace de culpabilité,
un soupçon de regret, une once de péché, même
véniel. Rien ! Rien d'autre qu'une certitude pleine
et ronde comme un œuf. Il fallait que ça cesse.
Qu'elle quitte le chemin. Qu'elle ferme un
chapitre, troue un mur, claque une porte. C'était
dans l'ordre des choses. Il n'y a ni punition ni
roublardise là-dedans. Elle apprend à dire non. Et
comme toutes les premières fois où l'on apprend à
dire non, ça peut paraître brutal, sembler grossier
ou démesuré, mais c'est faux. Elle le sait à présent.
Elle a été passive, trop passive. Friable à la
moindre contrariété, indifférente par lâcheté. Tout
ceci est dérisoire et au final ne met en péril que sa
propre existence.

Ses victimes ont certes été bousculées,
contrariées, remises à leur place, mais elles s'en
remettront. Pointeront un doigt accusateur,
médiront sur son inconduite, peut-être même
porteront-elles plainte. Puis reprendront leur vie.
Les proies sont légions. Clara sera vite remplacée.
Qu'elle les déstabilise ne va pas les tuer. Au
contraire ! Elle est rassurée. Toutes ces pensées la
traversent sans l'agiter. Elle se sent calme, apaisée.
Et confiante. Elle ne se sent ni pire ni meilleure

qu'il y a deux jours. Ce n'est pas la méchanceté qui a conduit ses pas. Pas même la vengeance. Sa vie était une erreur. Elle rectifie cette erreur. Tant pis si elle n'est plus une chic fille. S'il faut en passer par là. C'était un moindre mal. Et tant qu'à y être, autant y être une bonne fois pour toutes. Après elle verrait. Il serait temps. Clara boit le soleil cinq minutes encore. La place est déserte. Quelques pigeons, de rares voitures. Tout comme il y a six mois, lorsqu'elle est venue rôder, ivre des promesses de Jérôme. Les promesses, à présent, c'est à elle qu'elle les fait. Et s'il en était bien une qu'elle saurait tenir, c'est de ne plus se mentir. Au moins cela. Ouvrir grand les yeux et les oreilles et la bouche. Aller vrai.

Clara quitte le banc d'un pas léger. Elle n'est plus pressée. Elle marche jusqu'à l'arrêt d'autobus Duroc, attend qu'il arrive, les yeux dans le vague. Son corps connaît la mécanique des gestes mais son esprit flotte. À hauteur de la Concorde, c'est comme si elle atterrissait d'un long voyage. Elle ne se rappelle ni être montée dans le bus ni s'être assise. Elle descend encore pensive et parcourt les derniers mètres à pied. Sous les arcades, au 204 de la rue de Rivoli, Clara reconnaît l'enseigne, à l'enluminure criarde, rouge et or. Elle s'arrête précisément en dessous et sonne. La porte s'ouvre sur un espace minuscule. Clara s'y glisse, délicatement. L'antichambre d'un bureau à peine plus grand, séparé pour moitié par un mur et pour l'autre par une vitre qui va jusqu'au plafond. Elle reconnaît l'homme. Un touffu sympathique. Grisonnant et broussailleux jusque dans les oreilles, un binocle rond coincé sur l'œil droit. Assis derrière un bureau, il lui adresse un sourire, repose délicatement la pierre sur laquelle il est penché et s'avance vers elle. La vitre qui les sépare possède deux ouvertures : une trappe à bascule qui sert à l'échange des marchandises et un hygiaphone. Une mosaïque ronde d'où sort une voix un peu éraillée, l'effet du vitrail ou de l'âge, Clara ne se pose pas la question. Tout autant qu'elle ne répond pas à celle du vieil homme qui la salue, complice.

- Ainsi, vous vous êtes décidée ?

Avec des gestes lents et précis, Clara ôte le médaillon qui orne son cou, fait glisser la bague de son annulaire droit, défait les deux diamants de ses oreilles et lui tend le tout, déjà vaincue. Les souvenirs ont un poids, une valeur. Inestimables certaines fois, dérisoires à d'autres endroits. Elle connaît le verdict, n'en n'attend pas plus. Trente-neuf grammes d'or, cent soixante grammes d'argent, deux éclats de diamant. L'amour de Jérôme fait à peine pencher la balance. La culpabilité a un prix dont la cote périclite à la seconde même où l'homme cherche à s'en racheter. Celle de son amant est soldée pour moins de six cents euros. La transaction dure tout au plus quinze minutes pendant lesquelles ni Clara ni le vieux bijoutier ne prononcent un mot. Tout a déjà été dit un mois auparavant sans que Clara se décide et reparte au bord des larmes. Le silence avait contenu sa détresse, aujourd'hui il exprime son indifférence. Elle abdique, soulagée. Aucun doute qu'elle se soit fait avoir une énième fois. Elle n'a même pas cherché à contester le prix, à négocier la vente. Le profit n'est pas le but. Que Jérôme la dupe est une trahison. Que le bijoutier la berne est du commerce. C'est sa naïveté qui jusque-là n'a pas fait la différence. Son innocence d'enfant sage, sa crédulité d'adolescente consciencieuse, et sa bêtise de femme seule. À trente-cinq ans, le bilan est pitoyable mais pas définitif.

Elle ressort rue de Rivoli, souriante. La circulation est dense, bruyante, saturée. L'agitation du monde lui revient d'un coup. Un monde pressé, agressif, multiple. Un monde dans lequel elle a tournoyé sans s'en rendre compte, s'y mêlant sporadiquement, par obligation ou par amour. Mais sans vraiment y participer. Clara a vécu sa vie, chaque geste ou désir déterminé à l'avance par les actes des uns ou les dires des autres. Ses parents, ses enseignants, ses collègues, ses amants, tous ont été le levier de son existence. Pusillanime, elle s'en est toujours remise aux autres. Mais pas aujourd'hui. Pas à cet instant. Même penser à Domino n'a pas été nécessaire. Depuis qu'elle a fermé la porte à son amant, elle n'a eu recours à aucune de ses sentences, n'en a pas ressenti le besoin ni l'urgence. Elle n'éprouve pas non plus l'envie de le contacter pour connaître son opinion, recevoir ses encouragements ou l'entendre lui promettre son amitié volatile. *Demain dès l'aube à l'heure où blanchit la campagne.* Elle se sent libre, détachée de tout, consciente d'avoir été un pantin, de ne plus vouloir l'être. Et d'avoir faim.

Faim de nourriture, ça c'est une évidence. Elle n'a rien avalé depuis ce matin. Mais surtout faim de vivre. Elle marche d'un pas rapide, affamée, le regard avide. Comme si tout ce qu'elle voit, elle le découvre pour la première fois. Les gens, les monuments, la circulation et même l'air. Tout est palpable, s'incarne, prend vie. La propre perception de son corps se modifie. Elle se fait l'effet d'un ballon qu'on a gonflé, respiration après respiration et qui, de tout fripé et vide qu'il était, devient lisse et plein. Elle se sent de l'épaisseur et du cuir, du souffle et de l'énergie. Son pas est déterminé alors même qu'elle marche tout droit sans décider de sa destination. Il lui suffit d'aller. À quelques rues de son appartement, Clara ralentit le pas. Elle vient de la croiser, cette fille trop jeune, avec son sac à dos trop lourd et ses yeux vitreux. Elle arpente le quartier depuis quelques jours, vêtue d'une doudoune noire, de bottes rouges et d'un bonnet marron. Elle semble être tombée dans la rue comme on tombe d'un lit, une nuit de cauchemar, par inadvertance. Sauf que la descente de lit s'est révélée être un trottoir. Elle erre aux abords des grandes artères comme si elle était en recherche ou en attente. Son regard délavé par un chagrin récent juge chaque boutique, chaque passant, chaque voiture. Clara l'imagine à la dérive sous l'effet d'une colère quelconque. « Vite on enfile ce qu'on trouve, on entasse pêlemêle des vêtements, on claque la porte et on pense rejoindre quelqu'un dont on a la vague idée qu'il peut être ici ou là. Mais ce quelqu'un, n'est-ce pas, avant tout, soi ? » Quand un homme la bouscule sans ménagement, Clara se rend compte que ses divagations l'ont statufiée au milieu de la rue.

- Hey, mais ça ne va pas de vous arrêter comme ça ?

Elle ne réagit pas. L'homme la dépasse et maugrée deux pas plus loin : « Encore une dingue ! » Clara réalise que ses pas ont suivi son imagination qui elle-même a suivi la jeune femme. Laquelle vient de se laisser tomber sur la marche d'un porche, son sac à dos encore arrimé à ses épaules, les jambes étendues sur la chaussée. Elle apparaît à Clara bien plus jeune qu'elle ne l'avait pensé. Tout juste 20 ans et déjà de grands cernes noirs sous les yeux. Alors Clara fait une chose qui la surprend elle-même. Elle s'en approche, fouille ses poches, sort la petite liasse de billets que le bijoutier lui a donnés et les lui tend. La fille la regarde, interdite. Clara lit dans son regard l'incrédulité en même temps que la peur. Elle fait un pas de plus, s'accroupit, dépose les billets à terre, sous le porche et d'une voix criblée d'émotion, dit :

- Tenez, mademoiselle, prenez votre chance....

La jeune fille, toujours muette, ouvre de grands yeux, regarde Clara se relever, lui sourire et s'en aller. Clara a repris sa marche, plus libre et plus fière encore qu'il y a une heure. Maintenant elle ne doit plus rien à personne !

Quand elle rentre chez elle, Clara se rue dans la cuisine. Elle ouvre les placards, conspue le frigo, n'y trouve rien. Rien à la mesure de la fringale qui la tenaille. Debout devant son maigre butin, elle mesure l'étendue de sa vie en quarantaine. « Ben, ma vieille, t'es pas fauchée… des pâtes, du riz, des conserves, deux œufs et un seul concombre rabougri… » Ce qui dans sa tête deux jours plus tôt l'eût conduite à un monologue intérieur souffreteux s'exprime aujourd'hui à voix haute comme un simple constat. La dérision en sus. « T'appâterais pas un chien errant avec ça…même pas un os à ronger… pas étonnant que tu tiennes pas debout… » Une fois encore, là où elle se serait appesantie, rageant sur l'abandon et la tristesse de sa vie, elle se surprend à sourire. « Fin des privations ma belle… ». Et elle ressort.

Chapitre 8

L'instant est tendu, il fixe ses écrans. L'un dans l'attente d'un message de Clara, l'autre sur sa fresque. Sept mille pièces exactement. Immobiles. Raides. Figées dans un silence épais. Prêtes à s'envoler. L'excitation le tient éveillé. Vingt-quatre heures qu'il n'a pas dormi. Le dernier message de Clara, la veille, l'a contraint à travailler toute la nuit et une grande partie de la matinée. Elle l'a pris de court. Il en a été heureux mais surpris. Il ne doutait pas qu'elle bascule enfin ; il avait tout fait pour. Des mois qu'il distillait son prêche, mot après mot, de la même façon qu'il avait élaboré sa fresque, domino après domino. Bientôt il n'aurait plus qu'à la cueillir et tout rentrerait dans l'ordre. À cette heure-ci, elle devait déjà avoir réglé son compte à son gentleman loser et même, être rentrée. Depuis ce matin il guette son message. L'œuvre est aboutie. Le compte à rebours a commencé. Il n'ose plus bouger. Il n'attend plus qu'elle. Clara, sa Petite Sœur, son exilée.

Son père, dans la pièce à côté, dort enfin. Son râle a cessé. Pour toujours. Domino n'a pas hésité un instant quand il a fallu forcer la dose. La kétamine est son alliée. Et il a tellement attendu ce moment. C'était inévitable et même souhaitable. Du passé rien ne doit subsister, qu'un amas de cendres. Mais il sera loin. Personne ne le soupçonnera. Tout le monde croira à un accident. On n'autopsie pas un vieillard. Encore moins mort sur le bûcher ! Il n'a aucun intérêt à ce que ses souvenirs le poursuivent. Chacune de ses souffrances est à présent enfermée dans son Home Domino et n'attend de lui que l'ultime chute pour faire triompher l'oubli. Chacun des dominos gravés porte l'incision d'une blessure. Il les a conçus un à un, dans de petits rectangles de bois qu'il a poinçonnés au pyrograveur d'une lettre ou d'une date. Des phrases entières pour nommer l'outrage, la honte, la douleur et le ressentiment. Sauf la dernière. « Demain dès l'aube à l'heure où blanchit la campagne... ». Sept mille pièces pour cinquante années de vie. À l'ébauche de sa fresque, il n'aurait jamais cru avoir accumulé dans sa mémoire autant de détails assassins. Une compilation morbide d'humiliations, d'échecs, de frustrations et d'erreurs. Des griffes souvent plantées au même endroit qui l'avaient acculé à cette vie de reclus, banni de ses congénères. Sa rencontre avec Clara en même temps que sa découverte des dominos avait trouvé un exutoire à son enfermement. Une solution était née qui méritait qu'on s'y accroche. Il n'avait pas le droit à l'erreur et jusqu'à ce soir il lui semblait ne pas en avoir fait. Il touchait au but. Que Clara l'ignore à la veille de se rencontrer le rendait nerveux. Qu'est-ce qu'elle foutait bon sang ?! On était samedi après-midi et toujours aucune nouvelle. Demain il lui offrirait cette vie qu'elle désirait. Elle et lui libérés de leurs chaînes. Ils avaient œuvré ensemble. Elle n'était pas comme tous ses autres fidèles qui polluaient son blog de pleurnicheries agonisantes - des lâches qui bavaient leur souffrance, confinés derrière leurs écrans, tard la nuit, mais qui se dérobaient aux premières lueurs de l'aube. Son blog était devenu un déversoir. Chacun y allait de sa prose émétique mais aucun ne montrait son vrai visage. À chaque fois qu'il avait voulu initier une rencontre, il s'était retrouvé seul à l'endroit du rendez-vous. Il ne voulait pas croire que Clara puisse faire la même chose. Ils se l'étaient promis mutuellement. Avec elle les choses seraient différentes. Elle ne s'enfuirait pas. Comme il soupçonnait les autres de l'avoir fait. Clara a une bonne âme. De grands yeux tristes mais un cœur pur. Il l'a senti à la première connexion. Dans ses premiers mots. Désarmants. Fragiles. Et romantiques.

Dès le début elle a refusé de lui envoyer une photo. Préférant qu'ils se découvrent de l'intérieur. Lui, ça l'avait arrangé, bien sûr. Il avait joué le jeu. Mais n'avait pu s'empêcher d'aller vérifier. À force de se plaindre de sa chef et après bien des recoupements, il avait réussi à localiser son lieu de travail. Il s'était caché. L'avait attendue. Même si la chance n'avait pas été avec lui ce jour-là, il l'aurait reconnue entre mille. Avant de descendre dans la bouche de métro, un collègue l'avait interpellée, elle s'était retournée. Lui n'était qu'à quelques pas. La voir avait été un choc. Bien plus grand que tout ce qu'il avait imaginé. Elle lui ressemblait tant. Il en aurait hurlé. Ça n'avait duré que quelques instants, le temps qu'elle éconduise ce poltron de Philippe Singer venu mendier une récidive. Mais cet instant l'avait convaincu. La vie a une justice. Et cette justice allait enfin lui être rendue.

Quinze heures sonnent à la grande horloge du salon. Domino l'entend frapper ses coups, solennellement, comme tous les jours depuis des années. Il peut voir la rectitude de la grande aiguille annoncer avec grand bruit l'heure pile. Celle où il est né. Il allume un cigarillo, en inspire une longue bouffée et reprend son attente. Si Clara daigne témoigner de sa présence, bientôt l'arrogance d'un temps révolu s'enflammerait et avec elle s'arrêterait de sonner un passé qui n'avait jamais eu d'avenir.

Chapitre 9

La dernière fois qu'une semblable apnée l'a réveillée, Simone avait trente-cinq ans. Elle ne se souvenait de rien sinon d'une brusque pression. En plein milieu. De visages masqués, de bruits étranges, et d'une odeur abominable. Simultanément, elle s'était sentie le cœur vide, les jambes molles, le corps abandonné. Avec un sentiment de désespoir prêt à l'engloutir. Un blanc immense avait succédé à cette avalanche. Son esprit avait fondu aussi soudainement qu'une larme de pluie déchue d'apesanteur. Et avec lui la douleur, les souvenirs, un germe de vie. Il lui avait fallu plus d'une semaine pour recouvrer tout à fait la mémoire et comprendre que son apnée avait été l'uchronie la plus terrible de son existence. Dans cet intervalle, elle seule avait choisi. Que les médecins l'aient aidée ou que dans la pièce d'à côté, Robert, son mari, ait prié, n'avait jamais vraiment compté. Simone savait qu'en retenant son souffle ce jour-là, elle n'avait fait que retenir le temps.

Gagner des heures, puis des jours, puis des semaines, et au final, des années sur le mal, l'absolu tranchant, le « pas dit ». Mais qu'aujourd'hui, ce temps-là est venu.

Trente-cinq ans donc qu'elle attend cette seconde apnée, comme une seconde délivrance. La vérité a des droits qui exigent un jour d'être rendus même si pendant toutes ces années elle avait pensé que le silence et l'oubli fussent les seules réponses possibles. La sonnerie du téléphone retentit une dernière fois quand elle réussit à se redresser tout en suffoquant. La respiration lui revient saccadée et elle est en sueur. Elle avait pensé se reposer quelques minutes en revenant du jardin et le sommeil l'avait prise, comme il le faisait souvent ces derniers mois, sans prévenir. La lassitude est sœur de l'ennui et son veuvage brutal ne l'avait préparée ni à l'une ni à l'autre. Il n'est pire solitude que celle qui s'impose, inopportune et violente, dans les affres d'un âge qui n'a pour avenir que des souvenirs à ressasser. Quand bien même ces souvenirs seraient heureux, on aurait pu penser qu'ils suffisent à remplir le silence d'un cœur endeuillé. Simone, elle, n'en éprouvait que plus terriblement leur cruauté. Qui aime à se rappeler qu'il a été heureux quand tout ce qui reste de ce bonheur est parti en fumée ? Sans partage, il n'est de bonheur qu'éphémère. Quelques secondes éclair, volées à l'oubli et aux regrets. Bien sûr, elle guettait encore avec fidélité le retour de la mouette rieuse ou du grèbe huppé, attendait chaque matin le passage des cygnes tuberculés et des canards colverts, s'amusait des brochets, carpes, brèmes et autres tanches qu'on pouvait entendre frayer dans les roselières. Ainsi qu'elle s'étonnait encore de voir des bancs de perches ou de gardons filer le lac en tribus serrées. Mais depuis quand n'avait-elle pas cuisiné une féra aux petits légumes ou écouté sans pleurer le vent agiter les lianes tentaculaires du saule pleureur ?

La paresse était venue sitôt l'enterrement terminé. Et avec elle, la nostalgie. Etouffante de mémoire, craignant l'inachevé. La barque de son mari n'avait plus quitté le ponton et Clara n'était plus revenue s'assoupir à l'ombre de son arbre préféré. Simone s'était mise à végéter. Dans une commémoration perpétuelle. Sa mémoire ne cessait de la tourmenter. À chaque pas dans la maison, elle butait sur une réminiscence comme on achoppe sur un rocher qui ne laisse d'issue pour s'en détourner que d'en faire trois fois le tour. La souvenance ainsi sacralisée, elle s'effaçait pour mieux en appeler une autre. Les heures passées à s'embourber avaient le goût de vase comme si sa vie était devenue un immense lac d'eau croupie où elle s'enlisait inexorablement. Au bout de six mois, la vindicte du passé avait eu raison de son caractère souple et joyeux. Ses meilleurs souvenirs s'usaient de ressassement, creusant en elle un chemin qui forçait ses barrages. Elle était au bout du voyage. C'est qu'il avait fallu beaucoup de bonheur, de joie et de rires pour, sans jamais oublier, pour continuer de vivre et aspirer cet air qu'elle avait retenu des années plus tôt. Ce même air qui lui manquait à présent parce qu'elle s'en rendait compte, il lui venait de Robert. Robert qui avait dû rire deux fois plus fort, embrasser deux fois plus doux, tenir serré deux fois plus longtemps, aimer deux fois plus grand. Parce que lui seul savait. Une raideur de nuque, un geste interrompu, un voile dans le regard, une absence dans le verbe et aussitôt son amour se gonflait, entourait, rassurait, chérissait. Sa femme s'était nourrie de ce surplus sans jamais en prendre conscience, dans l'illusion qu'elle seule avait choisi et donc survécu. Mais le réveil est brutal. La mémoire tenace.

Robert l'avait prévenue, la seule et unique fois où ils en avaient parlé il y a trente-cinq ans. Un mois après qu'elle était sortie de l'hôpital. Elle avait voulu voir. Il le fallait si elle voulait être en paix. Il l'avait accompagnée. L'automne accourait à grandes rafales de vent, Simone encore fragile, grelottait. Ils s'étaient tenus serrés devant la stèle blanche, l'un dans l'autre, mêlant leurs plaintes et leurs larmes. Et ils avaient scellé leur douleur dans une promesse mutuelle. Ne plus jamais revenir ni en parler. Clara ne devait pas savoir. La douleur ne cesse de croître. Plus vive encore qu'autrefois. Il n'y a plus que Simone pour l'affronter. Robert est mort et Clara, elle, a fui. Sitôt l'enterrement terminé, il y a un an, sa fille a tourné les talons. Simone s'en veut. Elle lui a dit mais trop tard, trop brusquement, et depuis Clara l'a abandonnée.

Chapitre 10

Clara ne va pas bien loin. N'en éprouve ni l'envie ni la patience. Son appétit a un caractère d'urgence. Un vide à combler, une part animale, totalement primaire qu'elle sature dans la brasserie la plus proche d'un menu XXL. Entrée, plat, dessert, café accompagné d'un quart de vin qu'elle choisit par compensation plus que par goût. Elle déjeune d'une traite, d'un besoin avide et mécanique. De la même façon qu'on alimente un four à charbon, pelle après pelle afin que la locomotive ne s'essouffle pas, sans lever la tête, perdue dans ses pensées qui ne vont pas plus loin que le bout de sa fourchette. Elle a l'art de créer une bulle autour d'elle qui l'isole totalement. Ce n'est qu'à la fin du repas qu'elle prend enfin conscience de l'endroit où elle se trouve et de ce qu'elle y fait. À cette heure de la journée, la salle s'est vidée, le ballet des serveurs a ralenti l'allure. Elle se retrouve quasiment seule quand elle se redresse sur son siège. Enfin repue. Elle connaît bien ce bistrot des Grands Boulevards, ouvert en continu, jusque tard le soir. C'est toujours animé, un va-et-vient constant de gens pressés, de touristes bruyants, de personnes seules à l'heure du déjeuner. Le soir, quelques couples viennent dîner, entourés de jeunes joyeusement attablés. Lesquels s'éternisent autour d'une bière qui échauffe leurs rêves.

À sa droite, deux vieilles dames partagent un thé gourmand. Elle les voit de biais, face à la baie vitrée. Elles semblent en grande conversation, mangent lentement, avec de jolies manières, s'essuyant le bord des lèvres à chaque fois qu'elles reposent leur tasse ou qu'elles finissent l'un de ces petits macarons colorés. Clara pense qu'elles doivent avoir l'âge de sa propre mère. Autour de 70 ans. Sûrement veuves ou avec un mari malade, puisqu'elles ne sont pas accompagnées et ne semblent pas pressées. Clara aimerait bien être plus près pour les écouter. Non qu'elle soit curieuse de nature, mais à cet instant, ces deux femmes la troublent. L'une d'elles surtout qui de profil lui paraît plus triste, plus silencieuse, pas vraiment là. Son regard déviant sans cesse de celui de son hôte. Comme si sur le boulevard, quelque chose allait se passer, qu'elle ne doit pas rater. Clara sait reconnaître les signes de l'attente, cette façon d'être à un endroit sans pouvoir s'y poser vraiment. Une subtile impatience dans les mouvements qui trahit l'inconfort d'être dans un temps tout en se projetant dans un autre. La vieille dame a gardé son manteau sur elle, son sac sur les genoux et hoche la tête ponctuellement à l'adresse de sa voisine. Donnant ainsi le change d'un dialogue qui semble s'éterniser. Qu'elle a peut-être souhaité mais qu'elle regrette à présent. Espérant secrètement qu'un incident surgisse qui la soulagerait de partir sans avoir à se sentir coupable.

À cette pensée, Clara tressaute et une poche de larmes cède qui vient brouiller son regard. Elle pense à sa mère. Au silence qui s'est imposé depuis la mort de son père. À sa fuite tout de suite après l'enterrement. Au poids des heures qui s'égrènent interminables, maintenant qu'elle sait. Le masque est tombé et avec lui son passé, toutes ses certitudes. C'est là que la bulle a commencé à exploser. Un premier déchirement qui lui a gercé le cœur. Clara avait alors vu une vieille femme au regard vide qui ne ressemblait plus à sa mère. Certes, Simone n'avait jamais eu le verbe haut et le geste frivole. C'était une femme et une mère sans extravagance, dans la mesure, mais elle l'avait toujours sentie là, présente, à l'écoute, disponible et généreuse. Pourtant ce jour-là, quelqu'un avait éteint la lumière pour la plonger dans un monde impénétrable. L'aveu était sorti par à-coups, sans préambule. Clara était repartie anéantie. Sans verser une larme.

Tout comme au crématorium où elle avait tenu son chagrin enfoui en elle pour ne pas rajouter au désespoir de sa mère. Elle avait tout porté en silence. Dans l'exigence des contraintes qu'un deuil génère. Un an était passé avant que sa colère n'explose.

Aujourd'hui avait mis du temps à venir. Clara ne peut plus rester là, au milieu de cette salle de restaurant, où, a-t-elle l'impression, on ne voit qu'elle. Elle ne retiendra pas longtemps le flot qui grossit son émotion. Elle baisse la tête pour cacher son trouble, fouille dans son sac à la recherche de son porte-monnaie, en sort un billet de cinquante euros qu'elle dépose sur la table et se lève avant que le serveur ne revienne. La dignité a parfois un prix qu'elle règle d'un pourboire conséquent.

Depuis hier tout s'enchaîne à une vitesse folle. Elle est à fleur de peau, la sensibilité exacerbée. Elle pleure plus qu'elle n'a jamais pleuré de sa vie. Il faut qu'elle appelle sa mère, qu'elle lui parle. Qu'elle essaie au moins. Tout ça la déborde. Elle file droit à son appartement et sitôt la porte verrouillée, s'affale sur son canapé. Elle cherche à reprendre son souffle entre deux hoquets et des trombes d'eau qui ne lui laissent aucun répit. La sonnerie de son téléphone portable interrompt brutalement ses vagissements. Il vibre devant elle sur la table basse. Deux jours qu'elle l'a oublié. Clara se redresse, inquiète. Comme prise en flagrant délit. Trois personnes seulement connaissent ce numéro. Sa mère, la Dame de Pique et Jérôme. C'est d'ailleurs pour lui qu'elle en a fait l'acquisition quelques mois plus tôt. Il voulait pouvoir la joindre à tout moment, même si elle, ne le pouvait pas. Elle attend que cesse la mélodie et que le bip final retentisse pour s'en saisir. Cette intrusion inopinée a sevré ses larmes, la peur intercède de nouveau. Elle déverrouille le clavier et affiche l'appel en absence ; son amant n'a pas laissé de message. Elle en accuse sept autres qu'elle n'a pas pris le temps d'écouter. Tous datent d'hier et émanent de la Dame de Pique. Au fur et à mesure des messages sa voix bégayait d'indignation. Si elle les avait écoutés plus tôt... C'est à mourir de rire ! Comment diable a-t-elle pu craindre cette femme si longtemps ? Sa colère était un leurre. Il avait suffi à Clara d'y mettre un ton de plus, hier midi dans son bureau, pour voir à quel point ses menaces n'avaient d'égal que sa lâcheté. Le silence de Jérôme ne vaut guère mieux qui, enfermé avec sa femme, a dû se réfugier dans les toilettes et être aussitôt interrompu. Un SMS trois minutes plus tard le lui confirme : « Clara, mon petit chat, est-ce toi qui as fait ça ?... » Hier encore, cette pensée l'aurait clouée dans une culpabilité sans bornes. Tout comme la musique de son portable, refrain romantique qu'ils avaient téléchargé ensemble, l'aurait fait pleurer. Là, elle se surprend à sourire et efface le sms. Sans autre émotion qu'un agacement passager, telle une pichenette faite à un insecte venu se poser incongrûment sur le revers d'une veste.

Clara se lève, se dirige vers son bureau, saisit son fixe, compose le numéro de sa mère, laisse sonner dix fois et raccroche. C'était peut-être mieux ainsi. Il est quinze heures, sa mère doit s'être assoupie. Elle ressaiera plus tard, à l'heure du dîner. Comme elle l'avait fait chaque dimanche pendant des années. Avant que tout bascule. Avant que son père meure et que son enfance se brise. Avant que Jérôme et Domino entrent dans sa vie. L'un par le corps, l'autre par le verbe. Chacun des deux, à tour de rôle, avait traversé ses nuits afin d'en chasser les fantômes. Pour combler une absence, un secret, un oubli. Elle avait trouvé chez Jérôme l'exubérance de Robert, sa chaleur, ses promesses de vie meilleure, son assurance d'être une personne à part entière. Et ses mensonges !

Et dans les mots de Domino, il y avait tous les silences de Simone. Tous les non-dits, les conseils, les encouragements, les explications qu'il aurait fallu. Cette moitié d'elle à jamais perdue.

Il n'y a que deux couleurs existantes au monde Petite Sœur : le jour et la nuit. Soit tu es dans l'ombre, soit tu es dans la lumière, mais l'entre-deux n'existe pas. Le courage est de choisir son camp, de ne pas fermer les yeux, d'accepter son sort. C'est comme de prétendre que la solitude existe. Mais ça aussi c'est faux. La solitude n'existe pas. Personne n'est jamais seul. Tout le monde est habité continuellement, soit par des fantômes, soit par des fantasmes. Ou cet autre est un espoir ou cet autre est un regret. L'homme est peuplé de tellement d'autres qu'il ne peut être seul un instant. Ce que chacun nomme la solitude n'est rien d'autre que de l'absence physique. Mais la solitude n'existe pas.

À l'époque, Domino aurait pu lui vendre que la Terre était aussi cristalline et hexagonale qu'un flocon de neige, Clara aurait souhaité que ce soit vrai. Tout plutôt que cette réalité implacable, ordinaire et sans leurre qui ponctuait son quotidien. Tout plutôt que cette absence qu'elle savait à présent nommer et qui lui rongeait l'âme depuis toujours. Cette ombre d'elle-même qu'elle était devenue, à son insu, un jour qu'elle n'arrivait pas à se rappeler, il y a trente-cinq ans. Une ombre comme celle qu'elle voyait flotter chaque fois qu'elle prenait le train pour rendre visite à ses parents. Dans le reflet des vitres, en transparence. Comme un miroir grossissant qui se matérialisait en 3D. Mais plus léger, flottant, aérien. Sur lesquelles venaient danser ses rêves. Toujours inaccessibles, brisés par l'épaisseur d'un verre incassable. Certaines fois cinglés par la pluie, assombris par le brouillard ou aveuglés par trop de soleil. Mais éternellement distanciés. Des pensées qui pouvaient aller à plus de deux, voire 300km/h. Un défilé de paysages qui n'étaient pas les siens mais qu'elle tentait d'attraper en s'inventant des histoires. Une projection somnambulique qui faisait de son voyage en train une trêve, un sas, jusqu'à ce que la réalité freine brusquement en gare. Alors Clara descendait, hagarde, les yeux encore floués, et au fil de sa marche, le bitume amortissant ses pas, ses rêves se dissipaient.

Combien de Paris-Annecy avait-elle fait ainsi ? Combien lui en restait-il à faire ? Le dernier datait d'un an et l'avait fait fuir. Depuis quand la Maison de bois n'était plus son havre de paix ?

L'avait-il même jamais été ?

Chapitre 11

Simone respire mieux. Pour la seconde fois de sa vie elle a vaincu une apnée, un trou noir dans sa conscience. Mais elle se sent lasse, terriblement fatiguée. À la mort de Robert, ses cheveux ont blanchi d'un coup. Depuis, elle a beaucoup maigri aussi. Aujourd'hui elle flotte dans ses vêtements, chancèle sur ses jambes et son visage a perdu de sa bonhomie naturelle. Elle se fait l'effet d'une petite vieille, tremblotante et ridée. Elle s'observe parfois longuement devant le grand miroir de l'entrée. Ne se reconnaît plus. Elle a laissé la vie s'en aller d'elle petit à petit, n'a même pas cherché à la retenir, se punissant peut-être, trouvant normal d'être vaincue. Et puis il y a eu ce sursaut tout à l'heure, ce souffle qu'elle a expulsé, mais qu'elle aurait pu retenir jusqu'à mourir. Un vieil instinct de survie. Comme dans le passé, il y a trente-cinq ans. Comme une seconde chance. Elle peut encore corriger son erreur.

Elle doit corriger ses erreurs.

Elle se laisse aller dans son fauteuil et sourit faiblement au décor familier qui l'entoure. Avant de racheter le chalet, Robert et Simone l'avait loué tous les mois d'août pendant des années. C'était le seul moment où ils pouvaient fermer le restaurant et partir tout à fait. Le reste de l'année ils travaillaient et Clara, du fond de sa pension, étudiait. Aux congés scolaires, elle les rejoignait à Paris mais ce n'étaient jamais des vacances. Tout au plus des interludes qui ne laissaient guère de place aux divertissements. Aussi, le dernier jour de juillet, dès le rideau de fer descendu, ils prenaient la voiture, allaient chercher Clara à son pensionnat et filaient droit à la Maison de bois. C'est elle qui, la première fois, du haut de ses cinq ans, l'avait désignée ainsi et, ce faisant, l'avait définitivement baptisée.

La Maison de bois ouvrait alors la porte aux retrouvailles. Un long mois d'été commençait où chacun se ré-apprivoisait, pris dans la nonchalance d'un temps qui, du moins les trois premières semaines, leur semblait éternel.

Un rituel avait été instauré qui plaçait chaque matin la famille face au lac dans la célébration du lever de soleil. Le petit déjeuner attendait que surgisse haut dans le ciel la boule de feu qui allait sécher les premières gouttes de rosée. Les rares matins de pluie, Robert allumait un feu dans la cheminée du salon et criait à tue-tête « qu'on allait tout de même pas laisser le brouillard voiler cette belle journée. » Il lui revenait de briser le silence qu'avaient façonné onze mois d'absence. Il savait à quel point tous en avaient besoin et combien il était le seul à pouvoir le faire. Depuis longtemps déjà, Simone s'en remettait à lui. Quant à Clara, ce n'était qu'une enfant. Jusqu'à sa mort, alors qu'elle avait déjà plus de trente ans, il n'avait pas pensé autrement. Il orchestrait la vie tel un chef de chœur conscient que sa petite chorale de femmes puisait en lui le souffle qui leur manquait de siffler la vie à pleins poumons. Il n'avait jamais pensé qu'il puisse mourir brutalement, un matin, sur le lac à pêcher la féra. Clara, enfouie sous un immense édredon, somnolant sous le saule pleureur, tandis que Simone murmurait ses secrets à l'abri de son chapeau de paille dans le jardin.

Il les avait abandonnées à leur solitude respective sans avoir jamais trouvé le moyen de faire plus qu'être une passerelle. Au départ, Simone ne s'en était pas aperçue, anéantie par la mort de son mari. Non pas qu'elle eut été indifférente ou mal aimante, mais depuis le début, la relation avec Clara avait été flouée, remplie d'un vide qui les avait toujours tenues distantes. Simone aimait sa fille, elle en était certaine. Mais d'un amour économe, compté et grevé d'un lourd secret. Elle avait fait ce qu'elle avait pu, mais aujourd'hui, ce n'était plus suffisant. Son regard erre depuis trop longtemps d'une photo à l'autre, posé là, devant elle, sur le meuble en merisier du salon. Elle ne peut pas perdre Clara après avoir perdu Robert. Elle, que les événements ont contrainte à survivre plus qu'à vivre, il faut qu'elle réagisse. Elle, dont la verve de Robert n'a fait qu'accentuer les silences, il faut qu'elle recouvre la voix. Son dernier cri résonne dans un écho lointain, vieux de trente-cinq ans. Jusqu'à ce jour elle n'a pas compris à quel point elle vivait en apnée.

Le travail au restaurant avec des semaines à rallonge avait tout enseveli. Les mois d'août à la Maison de bois étaient passés comme des éclairs. À leur retraite, quand ils avaient pu racheter le chalet, Robert avait été là, continuant à remplir tous les vides. Une fois par an, à l'anniversaire de Clara, la réalité la rattrapait. Mais Clara ne devait pas savoir. Jamais. Ils se l'étaient promis avec Robert. C'était alors une grande mascarade, elle s'en rendait compte à présent. Chaque minute de ce jour-là était préparé, planifié. Pas une minute n'était laissée au hasard de la vacuité. Est-ce que Clara s'en était même jamais rendu compte ?

D'une main tremblante, Simone attrape sa canne, se lève et se dirige vers la cuisine. Il lui faut un remontant. Quelque chose de doux qui l'enveloppe et la rassure. Un lait chaud avec beaucoup de chocolat. Une habitude qui date de son enfance et la plonge encore avec délice dans d'heureux souvenirs quand, petite fille, elle n'avait à se soucier que de ses rêves. Il lui suffit de sentir l'arôme chocolaté s'exhaler de son bol fumant pour qu'immédiatement la paix revienne en elle. Comme si à cet instant, redevenue enfant, tout était encore possible. Elle réintègre une sorte de cocon, se laisse bercer par des rêveries ; la douleur s'octroie une pause. Elle peut imaginer sa mère assise en face d'elle, en train de la réconforter d'un bobo imaginaire, elle n'a plus peur. Sa vie redevient cet instant-là, toute concentrée dans la réassurance. Les fragrances de son enfance ravivent pour une heure ou deux un appétit de vivre qui lui manque les trois quarts du temps. Alors, dans un regain d'énergie, Simone peut s'attaquer à de menues besognes ménagères. Aller faire des courses, répondre à un courrier en souffrance ou avoir simplement envie de sortir marcher un peu.

Un sentier de randonnée longe les rives du lac. Un sentier qu'elle empruntait souvent du temps de Robert les soirs d'été après le repas. Un jour qu'un bon chocolat chaud l'avait remplie d'ardeur, elle avait trouvé le courage d'y retourner. C'était juste avant Noël. Le sol était dur et noueux mais un frêle soleil dardait encore çà et là de joyeuses notes de couleur. Présomptueuse de ses forces, elle s'était éloignée plus qu'elle n'aurait dû. À mi-parcours, la réalité l'avait rattrapée. Elle avait senti un poids peser sur ses épaules. Elle avait ralenti l'allure, continuant péniblement sa marche à petits pas. En faisant une halte sur une borne en pierre, glacée et inconfortable, elle avait ramassé un bâton de bois sur lequel elle s'était appuyée tout le chemin du retour. À présent, il lui servait de canne pour chacun de ses déplacements, même dans la maison. Robert mort, il n'avait pas fallu longtemps pour le substituer à un autre point d'appui. Mais celui-ci n'était qu'un vulgaire morceau de bois tout juste bon à soutenir son corps. Pour son âme qui ne trouvait de répit illusoire qu'au travers des brumes d'un breuvage enfantin, il fallait autre chose.

En reposant son bol vide ce samedi-là, et à présent parfaitement remise de sa sieste apnéique, Simone sait qu'elle doit trouver le courage de parler à Clara. Elle sait que cet élan ne durera pas et que d'ici une heure ou deux, il sera trop tard. La spirale de la nostalgie infernale l'enfermera à nouveau dans son mutisme, répétant à satiété que de toute façon, c'est foutu. À l'enterrement, Clara avait choisi le silence et de ce silence, Simone n'en peut plus.

Chapitre 12

Seize heures. Clara plantée devant le mur de sa chambre finit de décorer le trou qu'elle a percé l'autre matin. Pas plus tard qu'hier, en fait, mais il lui semble que c'était dans une autre vie. À une autre époque. Dans un autre monde. C'est fou tout ce qu'il peut se passer en deux jours ! Clara ne cesse d'y penser, de s'en féliciter et de se maudire. Quelle andouille elle a été d'avoir attendu tout ce temps-là, d'avoir eu si peur, de s'être ainsi empêchée de vivre. Quand tant d'autres ont déjà tourné au moins une fois autour de la Terre, elle, Clara Baron, vient juste de mettre un pied dehors. Il était temps ! Trente-cinq ans ! Il lui reste au moins autant à vivre, sinon plus. Ce qu'elle imagine de son futur lui donne presque le vertige. Mais ce vertige pour la première fois ne lui fait pas peur. C'est même tout le contraire. Elle sourit en mettant la touche finale à ce trou salvateur, quand, dans le salon, son téléphone sonne.

Clara sursaute. Il est rare que quelqu'un l'appelle. Surtout sur sa ligne fixe. Encore un de ces sondages auxquels Clara ne sait jamais dire non et qui des trois minutes promises vous colle à la peau une bonne demi-heure. Mais cette fois Clara ne se laissera pas faire. D'ailleurs elle laisse sonner, prend le temps, regarde sa fresque. Clara a toujours eu l'écriture appliquée. Mais là elle est déçue.

Ça manque de fantaisie. Beaucoup trop sérieux. Elle pourrait presque dire que ça ne lui ressemble plus !

« Suis sûre qu'un tag aurait plus de cachet ! À retravailler », juge-t-elle tout en abandonnant le feutre noir sur sa table de chevet.

Dans le salon, la sonnerie se fait plus pressante. Quand Clara décroche, elle prend une voix lasse pour dire « Allô » et ainsi tenter de déjouer le piège de l'emmerdeur potentiel. À l'autre bout du fil, une respiration hésitante, un silence bruyant. Des sanglots étouffés et une voix presqu'inaudible que Clara reconnaît pourtant à la première syllabe « Cla... ».

Clara s'inquiète aussitôt. – Maman ?... Allô maman... c'est toi ?... Tout va bien ?... Simone, du fond de son angoisse, pétrissant d'une main un minuscule bracelet bleu et de l'autre le combiné téléphonique, chevrote plusieurs oui, sans rien pouvoir ajouter d'autre. Clara sent monter en elle toute l'inquiétude de sa mère. Déjà elle se reconnecte à cet hier qui tout compte fait n'est pas aussi éloigné que ses euphories passagères voulaient bien lui laisser croire.

- Allô... Maman... tu m'entends... je vais venir... dès demain... d'accord... ça ira ?...

- ...

- Allô, dis, tu m'entends ?...

Clara entend sa mère renifler et toussoter comme pour reprendre le contrôle de sa voix avant de prononcer un « oui... je t'attendrai » ou « je t'attendais... » - Clara n'est pas sûre - et de raccrocher.

Cette conversation laisse Clara déconcertée, inquiète et en même temps vaguement heureuse. Sa mère l'a appelée. Aujourd'hui ! A-t-elle vu qu'elle-même a essayé de lui téléphoner un peu plus tôt ou Simone a-t-elle enfin eu ce sursaut maternel que Clara espère depuis des mois ? Clara ne veut y voir qu'un heureux hasard. Ce à quoi elle pense depuis qu'elle est rentrée cette après-midi s'impose à présent comme une évidence. Il faut boucler la boucle, aller chercher les réponses. Toutes les réponses, à toutes les questions. Celles qu'elle se pose, mais qu'elle n'a jamais posées à sa mère.

Elle va faire son sac, sortir du placard ce joli manteau en laine blanche que sa mère lui a envoyé par La Poste à Noël - son drapeau blanc à elle que Clara n'a jamais voulu porter. Elle sait que, quoi qu'il arrive, une page vient de se tourner. Ses fantômes comme ses fantasmes vont trouver le repos. Peut-être même que Domino l'accompagnera ? Qui sait, demain à l'aube, de quoi sera faite leur rencontre. Clara ne ressent plus la même urgence. Après tout, elle a le temps maintenant.

Chapitre 13

La garce ! Elle s'était bien foutue de lui. Vingt et une heures avaient sonné à cette foutue horloge de malheur avant qu'il ne reçoive enfin un message. Et quel message !
-    Ok. Demain 6h. Clara.
Domino serre les poings. Ça veut dire quoi ce bordel ? Ce ton péremptoire, cette réponse glacée, sans une once de poésie. Vers dix-neuf heures, sans nouvelle d'elle et n'y tenant plus, il avait posté un message : « On ne tue pas le temps, c'est le temps qui nous tue... Clara où es-tu ? » Il voulait lui signifier son impatience, son inquiétude. Cette hâte qu'il avait de leur rencontre maintenant qu'elle était prête. C'est tout de même elle qui

avait quémandé pendant des mois ce rendez-vous. Comme une chatte affamée, miaulant sa frustration, son dégoût des autres et son envie d'aller ensemble dans une nouvelle vie. Merde alors ! Il lui offrait le privilège d'une rencontre et la salope, après s'être fait désirer toute la journée, lui balançait un laconique :

« Ok demain 6h Clara ».

Et en plus, elle avait signé de son prénom. Pour la première fois. Quelle arrogance ! À croire que ses aventures guerrières avaient enfin dévoilé sa vraie personnalité. Au fond, elle n'était pas différente des autres. À se faire passer pour un oiseau blessé, piaillant la becquée. Chrysalide étouffée dans son cocon et qui sitôt éclose se transforme en nuisible blasé. Un an qu'elle jouait les martyrs, prise aux pièges de ses peurs et de ses faiblesses. Un an qu'il la rassurait, mot après mot, tout son blog ne servant plus qu'à cela. Il avait été patient, très patient et les dernières trente-six heures lui mettaient les nerfs à rude épreuve. Ce n'était pas le moment de tout faire foirer. Il respira longuement. Serra et desserra le poing droit dans un geste répétitif, le regard hypnotisé sur sa main. Il y a des années, il s'était fait tatouer une gigantesque toile d'araignée qui partait du poignet et descendait jusqu'à la limite des ongles. Il aimait la regarder bouger au rythme de ses contractions. Comme si elle s'animait d'une vie propre. Elle s'élargissait ou se rétractait. Attrapait ou relâchait. Quiconque aurait été pris dans ses filets n'y aurait pas survécu. Cette idée le consolait. Comme lorsqu'il plongeait dans le regard de sa mère, sur le poster mural, placardé sur un pan de mur, dans son Home Domino, face à sa construction. Son sourire, si délicat, si lumineux, finissait toujours par l'apaiser. Il devait garder son calme. Se recentrer. Sa psy ne lui répétait-elle pas sans cesse : « Une petite impatience peut ruiner un grand projet. Efforcez-vous à la tranquillité... concentrez-vous sur quelque chose de positif. »

Il lui devait une fière chandelle à celle-là. Elle n'était pas futée mais l'avait bien aidé. Quand elle saurait... C'est elle qui, sans le savoir, l'avait incité à créer son blog. « Ecrivez, dites ce que vous avez sur le cœur... un jour avec tout ça sorti du fond de vous, vous ferez un grand feu de joie et alors vous serez libéré. » Elle ne croyait pas si bien dire. Un grand feu de joie ! Il avait joué le jeu, lui ramenant çà et là des bribes de ce journal qu'il était censé tenir et qui devait le ramener vers la guérison. Cette bonne femme était une vraie mine d'or. Avec ses théories à deux balles et ses grandes phrases toutes faites, elle lui avait donné matière à alimenter son blog d'un prétendu « savoir » que nombre de ses contemporains étaient tout prêts à avaler. Après ça, il n'avait plus eu qu'à mettre sa touche personnelle. En enregistrant notamment ce message vocal. Il lui avait fallu de longues journées de répétitions et de trucages pour mixer son texte sur la voix d'un chanteur célèbre. Un de ceux dont les filles hurlent le nom en s'arrachant les cheveux à la moindre apparition. Quelles idiotes ! Et tous ses blogueurs n'y avaient vu que du feu.

Partout dans le monde des gens écrivaient des choses que personne ne lisait. Il lui suffisait de fureter à la recherche de tous ces pseudos écrivains en mal de reconnaissance. Le plagiat d'inconnus : qui avait le temps de s'en soucier ? Une vraie mine d'or ! Il n'avait jamais eu à écrire une ligne. N'aurait pas su. Il n'avait eu qu'à se servir. Recopier. Au moins, tous ces prétendus poètes, scribes maudits, étaient lus. Grâce à lui. Et pas qu'une fois. Il avait tissé sa toile, jour après jour, comptabilisant au final plus de mille connexions partout dans le monde. Sa trouvaille du jeu de dominos avait été un coup de maître. C'est véritablement là que la machine s'était emballée. Ses fidèles le suivaient chaque jour en attente de l'instant T. Il avait promis une surprise, un grand feu d'artifice. Il leur offrirait. Et après il les lâcherait. Comme ça. Sans un mot. Comme on l'avait lâché lui, il y a cinquante ans. Il recommencerait ailleurs.

Une vie nouvelle. Une autre vie.

Avec Clara.

Enfin, c'était ce qu'il croyait, jusqu'à ce soir. Jusqu'à ce putain de message sans âme qu'elle avait posté à plus de vingt et une heures. Un message qui n'avait plus rien à voir avec ceux qu'elle lui adressait habituellement. Elle semblait s'être véritablement métamorphosée. Et s'il avait réussi au-delà de ses espérances ? À ses dépens ? Il ne pouvait pas se permettre qu'elle lui échappe. Il irait, bien sûr qu'il irait, à ce rendez-vous. Après tout, elle avait écrit qu'elle viendrait. Peu importe la forme. Le manque de sommeil le privait d'objectivité. Il avait les nerfs en pelote. Faire mourir son père n'avait pas été une chose pénible, mais qui sait. Comme disait sa psy : « L'inconscient est une arme redoutable, il ne faut pas le sous-estimer. C'est pour ça que nous travaillons ensemble. Pour qu'il ne soit plus le jouet de vos pulsions » Elle avait cru pouvoir le démasquer. Lui faire dire le pourquoi du comment de sa vie foutue. Elle avait voulu le faire parler. Trouver dans son passé une explication à son présent.

Il pillait dans la vie des autres de quoi inventer la sienne.

Personne ne pouvait comprendre, même pas lui. Il l'avait bien eue. Oui, sa mère était morte en couches. Et aucune autre femme ne l'avait jamais remplacée. Non, son père n'avait jamais été violent. Tyrannique, psychorigide, castrateur, ça, sans aucun doute. Et alors ? Est-ce que ça expliquait qu'il aime les femmes à ce point ? Clara était un miracle qu'il avait attendu toute sa vie. C'est leur naissance qui les avait rapprochés. Les autres filles n'étaient que l'antichambre de ses nombreux fantasmes. Toujours à l'abri, dans des lieux conçus pour ça, il avait eu le temps de progresser et il ne s'était plus jamais fait prendre. La belle Emma avait été sa première et unique erreur. Sa première expérience qui lui avait ouvert la voie. Si d'autres depuis l'avaient transcendée, aucune ne lui avait transfusé autant d'espoir que Clara. Avec elle, il s'était métamorphosé complètement. Elle le rendait puissant. Héroïque. Il avait pris son temps. Pour la première fois. Ça avait été long. Ça serait bon. Il n'en doutait même pas. Il cliqua sur le message de Clara pour lui offrir sa réponse, un smiley suivi de trois petits points et posta un dernier texte sur son blog.

Le cœur en déchirure privé de son armure se cogne la tête contre les murs. Il a raison de dire que c'est dur, il crie à l'usure, no present, no future. C'est sa dernière rupture, de l'espoir il n'en a cure, il sait que rien ne dure. Il a connu le baiser impur, les ébats dans la souillure, sa vie est une rature.

Le cœur en déchirure privé de son armure gît comme un tas de pelures. Un gros paquet d'ordures, un vivier de raclures, un chemin de cassure. Basta les roulures, à bas les enflures, aux innocents les mains pures. Ce n'est rien d'autre qu'une bavure, aux prises avec la torture, il fallait qu'il y ait rupture.

Le cœur en déchirure, privé de son armure est donné en pâture. Il saigne de ses blessures, il n'a pas la carrure pour toutes ces éclaboussures. Il a bu le cyanure, il souffre la brûlure, déjà il se récure. Son souffle se défigure au vent des injures de la belle créature. Le cœur en déchirure privé de son armure finit en déconfiture.

Satisfait de ce dernier plagiat d'une certaine « Mal Barrée », Domino éteignit son ordinateur, descendit à son Home Domino, activa le compte à rebours, remonta jusque dans sa chambre, programma le réveil, vérifia ses affaires et accessoires et se mit au lit en pensant à Clara.

Demain dès l'aube à l'heure où blanchit la campagne...

Deuxième Partie :

Les Concertistes

Chapitre 14

La Carpe s'appelait en réalité Pierre Blondin. 38 ans, célibataire, sans enfant. Fils d'ouvrier. Ex-flic reconverti en détective privé. Homme parmi les hommes. Sans passé avoué ni avenir déçu. Au présent continu. Pas de quoi être fier outre mesure ni le rendre volubile. Ce qui lui avait valu son surnom : La Carpe.

Taiseux sans mépris.

Silencieux par évidence.

L'Inclus parlait pour lui. Mieux et à chaque fois qu'il était nécessaire. Sons, symboles, images : les canaux de son intuition parvenaient à l'intelligence de Pierre par petites touches successives et répétées et affluaient en silence à son raisonnement. Toujours de rigueur. Scrupuleusement vérifié. Outrageusement efficace. Suffisait juste de rouler encore et encore une cigarette. L'Inclus ne demandait jamais à les fumer. Seul le rituel comptait. Aussi, après l'appel de La Virgule, Pierre avait tâtonné jusque dans le tiroir de sa table de nuit, trouvé la blague à tabac, glissé une feuille de papier blanc entre ses doigts et avait commencé ce lent et délicat travail de singularisation.

Ainsi que des dizaines de cigarettes roulées après cette première, il la disperserait aux alentours comme on distribue des bons points aux gamins pour chaque bonne réponse obtenue. Si l'affaire de ce matin avait autant de questions qu'un arc-en-ciel a de nuances, il risquait de faire beaucoup d'élus. L'Inclus en lui ne parlait jamais aussi bien que lorsque les mains de Pierre consentaient à ce petit stratagème.

La Virgule, son ex-coéquipier, était resté assez circonspect sur les premiers indices de cette affaire. Il avait compris depuis belle lurette qu'avec La Carpe, une poignée de mots valait son pesant d'or. « Un arc-en-ciel et des ombres flottantes... deux saules pleureurs et L'Alligator. » L'endroit idéal pour les amoureux errants ou les dépressifs du dimanche mais jamais encore pour un forfait macabre. Pierre avait donc pris le temps de finaliser son œuvre avant de se décider à sortir. La première cigarette resterait l'originelle, la seule qu'il donnerait au dénouement de l'histoire, souvent au coupable lui-même, qu'il fumât ou non. Elle se devait d'être parfaite. Longue, fine et égale d'un bout à l'autre. Comme le trajet de sa pensée au fil de ses aspirations. Il la remisa au fond de son paquet de tabac. Elle attendrait pour s'offrir que l'histoire arrive à son terme.

En arrivant aux abords du parc, là où La Virgule avait décrit les saules pleureurs voisins du restaurant L'Alligator, l'arc-en-ciel avait évidemment disparu. Le brouillard du petit matin s'était dissipé. Le soleil resplendissait, seul, maître des lieux, commençant de faire fondre les dernières gelures de l'hiver. Il resta un instant en retrait à contempler la scène, celle où un groupe d'hommes costumés empiétait déjà, tentant d'évaluer les premiers indices. Il roula sa deuxième cigarette. Concentré. Attentif. Respirant l'air avec mesure. Il n'y avait jamais tant de mystères que lors de la première intrusion sur la scène d'un crime. Il en goûtait l'irréalité feinte, l'éphémère apparition. Les relents de mort planaient souvent comme des essences encore visibles. L'Inclus l'avertit pourtant aussitôt de cette absence. L'endroit était nu, inhabité d'outrages.

Pierre n'en saisit le message que lorsque La Virgule se planta devant lui.

- Fausse alerte, enfin pour nous. Ni cadavre ni suspect. Pas de quoi ouvrir quoi que ce soit, mais je me suis dit que toi, peut-être, ça t'intéresserait……. un fauteuil roulant renversé au bord de l'eau, un uniforme d'hôtesse de l'air au milieu du lac… un certain sens de la mise en scène... on fera draguer le plan d'eau, mais bon, j'y crois pas. C'est le commis du restau d'en face qui nous a appelés, un peu affolé le mec. T'as quelque chose sur le feu en ce moment ?

Pierre écoutait Bastien. Ses mèches blondes, légèrement ondulées, coiffées à la sauvage, encadraient un visage souriant et souvent malicieux. Les yeux de son ex coéquipier, bleu ardent, vifs comme des éclairs, ne cessaient de bouger. Deux billes intelligentes et brillantes qui suivaient de loin le travail des autres flics. Tout en lui débordait d'énergie et d'allant. Même sa claudication qui lui avait valu son surnom et son grade de lieutenant n'entamait rien de son enthousiasme. Parfois on pouvait même penser qu'il dansait, toujours de biais, du même côté, mais il dansait.

Pierre tendit la cigarette qu'il venait de finir à Bastien.

- Pour toi…

La Virgule se déhancha d'un pas et sourit. Il s'attendait au geste, en espérait même la primeur. Il savait qu'une autre l'avait précédée, parfaite et inéluctable, mais que celle-ci donnait le roulement de tambour. Il ne connaissait rien de l'Inclus et même si beaucoup de légendes avaient couru autrefois à propos du comportement étrange de Pierre, il n'en rajoutait pas. Ce mystère-là ne faisait pas partie de ceux auxquels Bastien avait consacré sa vie. Chaque homme tenait son ombre à distance, il respectait celle de son ex-coéquipier. Elle louait ses services dans le bon sens, pas comme tous ces tordus qu'il traquait et que la maladie ou la perversité rongeait d'abjections. Il prit la roulée en silence et repartit dans le même élan qu'il était venu. En dansant. Pierre lança dans son dos :

\-   Merci du cadeau ! Je vais chiner quand vous serez partis...

La Virgule agita la main en signe d'acquiescement.

Pierre le regarda s'éloigner. Chacun pariant mentalement un chiffre approximatif de cigarettes en attente d'être roulées.

Chapitre 15

Après le départ de Bastien, Pierre était resté une heure à longer la rive du lac. Il ne s'attendait pas à trouver quoi que ce soit. La mise en scène était trop simple, ne disait rien. Tout au plus un homme était venu et une femme s'était peut-être déshabillée. Pas de quoi s'affoler. Au mieux, imaginer une rencontre qui se serait soldée par un départ en urgence. Sans corps, les flics n'avaient même pas dressé un périmètre de sécurité. Ils avaient envoyé une équipe pour sonder les profondeurs du lac, mais La Carpe n'y croyait pas. Que La Virgule l'appelle à la rescousse confirmait son intuition. La Grande maison croulait sous les cas concrets, tous les flics étaient sur les dents. Deux indices sortis tout droit d'un décor de cinéma n'allaient pas les alerter plus que ça. Ils avaient d'autres chats à fouetter. « Des requins aux dents dures et des loups à l'haleine chargée », aurait poétisé La Virgule.

Pierre avait décidé de la jouer solo un an auparavant. Avec Bastien, ils venaient de boucler l'affaire des trois Pierrot. Une sordide histoire de triplés qui s'étaient enroulé le cordon à vouloir piller des femmes aussi riches que désœuvrées. Puis Bastien était parti en congés, trois semaines, et à son retour, Pierre avait rendu son arme sans une explication. Pierre avait demandé pour la forme à Bastien s'il voulait jouer les détectives avec lui, poursuivre leur duo. La Virgule avait ironisé : « Privé, privé… privé de toi oui… et puis c'est quoi cette dénomination ? Détective privé ? Détective public, oui ! C'est bien lui, le public, ton client… » Une façon dérisoire d'endiguer sa colère en jouant sur les mots. Ça ne menait à rien, il n'avait pas su en faire la démonstration. Privé ou public, si Pierre se tirait sans même une explication, c'est qu'il y avait un hoc. Et un hoc pour Bastien venait toujours après des tas de hic justement pas ad hoc. Inutile d'attendre de Pierre ne serait-ce qu'un soupçon d'explication. Valait mieux laisser faire sans s'en mêler. Garder un œil ouvert et rester pas trop loin, au cas où. Il avait décliné l'offre arguant qu'il lui serait plus utile en restant dans la Grande maison. Pierre avait cru bon d'ajouter « Et vice versa ! »

Leur tandem continuait de fonctionner en sourdine, chacun se servant des manques à gagner de l'autre. Pierre pour sa liberté d'action. Bastien pour les clics de renseignements que les rouages du 36 conservaient en mémoire.

Vers neuf heures, la Carpe en était à sa troisième cigarette. Ses déambulations l'avaient ramené au point de départ, là où le fauteuil roulant avait versé. Il resta planté un bon moment, les deux jambes dans le sol à humer l'air, les yeux fermés. Quand il les rouvrit, quelque chose d'intense semblait s'être fiché dedans. Il s'agenouilla, balayant d'un regard presque suppliant la surface de l'eau. L'attente dura bien deux minutes, puis, brutalement comme une transe interrompue, son visage se détendit et il se releva. Une branche de saule pleureur frôlait la terre humide, pointant un mégot de cigarillo. Pierre le ramassa négligemment, le fourra dans la poche de son blouson et obliqua en direction du restaurant L'Alligator.

Dans une enquête, c'était toujours une mine d'or d'avoir comme témoin un garçon de café. Les types brassaient toute la journée des visages et des situations. Il n'était pas rare qu'au moins l'une d'entre elles soit en rapport direct avec l'affaire. Ce n'était souvent qu'un détail. Parfois plus. Mais c'était. Pierre s'assit à la terrasse et attendit. Quand le serveur vint lui demander ce qu'il voulait, Pierre n'eut guère de mal à le faire parler. Le jeune Manu Duval était bavard mais saccadé. Des bouts de phrases comme s'il s'essoufflait à les finir. Pas idiot mais fatigué. Les mains en éventail tous les trois mots pour bien montrer ce qu'il ne disait pas, mais qui tombait sous le sens.

-    J'ai tiré les grilles du restaurant comme je le fais chaque jour un peu avant sept heures, euh, vous savez comme c'est, les grilles, les poubelles, la terrasse à sortir et j'avais pas les yeux bien en face des trous et pis on est dimanche, vous savez... hier samedi, on finit tard, on continue ailleurs, je somnolais encore... et pis, v'là que je vois un arc-en-ciel. Remarquez ça arrive souvent ici, « l'eau et le feu », c'est mon grand-père qui disait ça « faut jamais louper ça... ne cherche pas à comprendre mais regarde toujours... ». Et donc, je le vois et je m'attarde... pas longtemps, j'ai du boulot non plus et là bing ! Je vois tout comme c'est là... le temps que je m'approche et que je vous appelle, ça n'a pas traîné, c'est votre collègue blond qu'est arrivé le premier... Il m'a déjà tout demandé, j'ai rien vu d'autre, y avait personne. Et à cette heure, c'est normal, le reste du temps oui, un vrai ballet, mais le reste du temps, moi j'ai pas le temps de tout voir... Pas le temps de tout voir, ça non, mais un peu tout de même. Pierre savait d'expérience qu'un type qui vous dit : « J'ai pas le temps de tout voir », c'est qu'il en a déjà vu. Peut-être pas beaucoup mais assez. Ça dépend de la mémoire. Ne reste souvent que des bribes. Mais ce sont justement ces bribes qui font la différence. « Les bémols élémentaires », avait commenté un jour La Virgule. Ses formules étaient légendaires. Son goût pour la poésie douteuse faisait l'objet de nombreuses railleries, mais chacun de leurs collègues reconnaissait qu'avec La Carpe, à l'époque, ils formaient un sacré duo. Depuis longtemps et partout dans la maison, on les appelait « Les Concertistes ».

La mélodie pour Bastien qui, tout boitant qu'il soit, courait d'un bout à l'autre d'une enquête sans perdre une note, le La final revenant tacitement à Pierre.

La Carpe avait écouté silencieusement le saccadé Duval, ses doigts façonnant en silence sa quatrième cigarette. Il avait pris le temps, parce que même pour un interrogatoire bénin, prendre le temps était primordial. Le temps et le silence. Le jeune type le regardait faire, paumes ouvertes. Il attendait aussi. Il lui semblait avoir tout dit. Mais déjà il n'était plus sûr.

Il doutait.

Pierre le sentit inquiet, sourit intérieurement et lui planta ses deux prunelles vertes au fond du regard. Ses doigts s'étaient tus, suspendus à la réponse.

-       Et dans les jours précédents, vous ne vous souvenez pas d'autre chose ? Quelque chose de spécial ou de différent ? Des fauteuils roulants, vous en voyez beaucoup dans le coin ?

Le visage du jeune gars s'illumina. Pierre saliva d'un coup de langue le mince filet de papier gommé et finit de rouler sa cigarette. L'oubli n'est souvent qu'une astuce, La Carpe le savait.

Une astuce pour faire de la place, sinon comment vivre ? Si on devait se souvenir de tout, on imploserait.

- Bah, maintenant que vous le dites comme ça, mais enfin, j'sais pas, j'suis pas sûr, y a bien un type qu'est venu... attendez voir, y a bien un mois de ça, en fauteuil roulant justement mais bon, c'était juste pour boire un verre... il voulait profiter de la vue... j'me rappelle qu'il m'a dit ça parce qu'il est resté une bonne heure après avoir fini son verre et qu'il voulait rien commander d'autre... « Je profite de la vue qu'il m'a dit, ça ne vous gêne pas ? J'ai si peu l'occasion de sortir. » J'avais pas forcément le temps de lui faire la causette alors j'ai haussé les épaules et j'ai oublié... on n'a pas le temps de s'attarder à L'Alligator, les clients, c'est pas ça qui manque et puis rien ne dit que c'est le même type...

La Carpe s'empressa de le rassurer.

- Non, rien ne le dit, en effet, mais sait-on jamais ? Vous pourriez me le décrire ?

Le jeune commis avait fini par s'asseoir en maugréant.

- Vite fait alors parce qu'avec tout ça, je suis carrément à la bourre, le patron va arriver, j'aurai pas fini ma mise en place et puis, les flics... il aime pas trop ça...

Depuis le début, Pierre ne l'avait pas démenti. Qu'il le prenne pour un flic l'arrangeait plutôt bien. Il se devait de l'encourager. – Juste un effort encore. Après ça je vous laisse. On vous convoquera si nécessaire, mais pour nous c'est presque une affaire classée. Manu Duval s'était détendu, avait joué le jeu. Ils finissent tous par jouer le jeu. Un portrait-robot, c'est comme un puzzle. On tâtonne au début, ça rend fou, on n'est pas sûr, on cherche un indice sur lequel s'appuyer. Il y a un flou général, des tracés contingents, des brouillons, mais dès qu'un emboîtement prend forme, nous rapproche du but, on ne lâche plus l'affaire. D'autant plus quand tout se passe comme ce matin, en plein air, à la volée, sans témoin et sans preuve. Evidemment, c'était plus une esquisse qu'un profil type, il ne faut pas s'attendre à des miracles non plus. Mais tout de même, L'Inclus en redemandait, c'est qu'il y avait du bon.

- Bah j'dirais dans les quarante ans ou non plutôt cinquante... c'est qu'il portait des lunettes noires alors on lui voyait pas grand-chose, mais plutôt costaud, de la carrure quoi... avec un visage long... des cheveux, j'sais pas moi, jusque dans le cou, euh, plutôt châtains, bruns, et emmitouflé de la tête au pied avec des gants et une drôle de couverture de toutes les couleurs sur les jambes...

Chapitre 16

La Virgule déboula chez Pierre dimanche soir, sourire béat, ses mèches en alerte. Il avait sonné, personne n'avait répondu, il était entré. Quand le verrou n'était pas mis, c'est que La Carpe était là, du moins physiquement. Il fit deux pas dans le vestibule, tourna la tête à gauche, le salon, puis à droite, la cuisine, découvrit Pierre assis en silence devant une assiette vide et s'écria :

-   Surprise, surprise ! Cadeau des poissons…

Il allait déposer un objet quand La Carpe l'interrompit d'un regard. Le silence qu'il imposait brisa net son élan. Bastien suspendit son geste. La pensée de Pierre emplissait toute la pièce. Ses prunelles vertes trouaient l'espace. Ses mains cherchaient le petit étui de cuir noir. On pouvait s'attendre à un passage à tabac. La Virgule retrouva l'équilibre en se posant sur un coin de chaise face à son ami. Il s'efforça au calme. La patience n'était pas son fort surtout quand il était sur une affaire. Surtout quand il était en attente d'un truc à dire qui pouvait avoir de l'importance. Mais il connaissait son ami et de fait respectait ses silences et ses manies. Lui aussi se faisait prendre au piège quand ses grands yeux d'eau vous fixaient. On n'avait qu'une envie, c'était de leur parler. Qu'ils vous écoutent. Qu'ils arrêtent de vous fouiller. En interrogatoire, ça et le coup des clopes, c'était imparable !

La Virgule n'avait jamais discuté de ces spécificités avec Pierre. Son impulsivité et sa danse claudicante angoissaient les prévenus. Il était bien plus à l'aise à courir d'un bout à l'autre d'une histoire qu'à s'asseoir et l'écouter. Aussi se contenait-il en fulminant. Le coin de la chaise aiguillonnait sa fesse droite. Il pensa bien s'y laisser tomber mais ne réussit qu'à se contorsionner.

Il retrouva un peu de douceur en glissant sur sa fesse gauche et pensa :

« Vas-y, prends ton temps mon salaud ! J'ai qu'ça à faire ! ».

Pierre sortit de sa fixette, sourit enfin :

- Tu peux t'asseoir, tu sais… t'as pas l'air bien, là ! T'avais un truc à me dire ?... Un cadeau ?

La Virgule se redressa. − Ouais mais tout compte fait, je repasserai… C'était devenu un rituel. Fuis-moi je te suis, suis-moi je te fuis. Un vrai petit couple. Ça les amusait encore des années après, parce qu'ils avaient toujours en mémoire le souvenir de la première fois. La Virgule s'était vraiment tiré. Croyant à une arrogance de son collègue dont la rumeur disait qu'il était un original hautain et prétentieux, il l'avait joué rebelle. Il était resté introuvable le reste de la journée. Pour appréhender Pierre, donc La Carpe et sous-entendu l'Inclus, il avait fallu toute l'enquête du Passage du désir et celle du Marin de la Seine. Ils avaient frôlé le cataclysme, mais ils y étaient arrivés. Cinq ans durant.

Pierre reprit :

- Ok, dis-moi… j't'écoute là… vrai de vrai…

La Virgule, radieux, agita sa trouvaille sous le nez de Pierre.

- Trouvé sur le chemin qui mène au lac. Toujours pas de corps mais un greffon d'oreille contemporaine…

La Carpe enchaîna :

- Et alors ?...

- - Alors rien… ou tout ! Ces machins-là ont une mémoire. Des numéros, des photos, des sms… Orange vous informe, tu connais le slogan… celui ou celle qui a balancé ça a oublié de retirer la puce… et les sauts de puce, tu sais comme moi où ça mène !

Pierre se souvenait, oui. Du cadavre de la rue Lamartine. Rongé jusqu'à l'os. C'est le terre-neuve criblé de bestioles qui avait donné l'alerte. Il était en sang quand on l'avait découvert. Encore une histoire à cinquante clopes. Il avait fallu les enfumer lourd, les voisins du vieux, pour remonter la piste.

- T'as un nom ?
- Clara Baron et un répondeur saturé de messages d'une hystérique... à ce train-là, moi aussi, j'aurais voulu balancer mon portable...
- Et les fringues, le fauteuil ?

La Virgule s'agita.

- Au placard, les gars ont quasi classé l'affaire. Le fauteuil roulant est un modèle de base, qu'on trouve dans tous les hôpitaux et l'uniforme, Air France, un modèle ancien, tout neuf ! Mais faut pas se leurrer, la flotte ça te pourrit les traces. Non, moi je pencherais plutôt du côté du téléphone, pour peu que ce soit juste un oubli et que la fille soit jolie... C'est presque une piste qui dit « Suivez-moi ».

La Carpe sourit. Il était bien de son avis.

- Un garçon de café aussi tu me diras…

Pierre raconta son entretien avec le jeune commis. Il mima le saccadé Duval, paumes ouvertes, à chaque suspension de phrase. Conclut sur le profil sommaire qui n'avait rien d'une piste sérieuse, mais qui nourrissait l'Inclus d'une curiosité grandissante. Il tut ses déambulations matinales au bord du lac. Il avait passé l'après-midi là-dessus. À s'en imprégner, à le revivre. Il y était encore quand La Virgule avait surgi, tout fanfaronnant. Le décor était un langage, refermait des secrets.

L'Inclus en était friand.

« Il est arrivé le premier. Aux premières heures. Au plein de ces secondes où le jour ravit à la nuit ses derniers mystères. Vous savez, c'est étrange, personne ne vient jamais à cette heure ! C'est rarement celle des hommes. C'est un moment toujours singulier. Qui nous appartient. Où l'on se déroule. L'écorce de notre tronc craquèle toujours un peu dans cet intervalle. Comme une mise à niveau. Nos feuilles se déploient, nos bras s'allongent. Semblables à l'étirement du temps. Alors bien sûr, on ne pouvait pas le louper. Il était seul, il roulait lentement, s'est posé entre nous. Un tissu de couleurs recouvrait tout son corps, brisait les gris de lumière. On ne voyait que ça. Comme un halo multicolore, mosaïque incongrue. L'homme est resté de longues minutes à fumer. En silence, dans le froid. Pas sûr qu'il nous ait bien regardés. Son regard portait loin devant lui et à aucun moment il n'a tourné la tête. Nous ne voyions que son profil. Sa fumée nous dérangeait. Il s'en dépose toujours une odeur entêtante, inconfortable. À cette heure, nos respirations sont plus longues, elles cherchent le meilleur, l'éthéré. Ce qui n'est pas encore gâté par le bruit et l'agitation, tout mouvement qui disperse notre énergie. Il n'a pas attendu longtemps avant qu'elle n'arrive.

Et même à ce moment-là, il ne s'est pas retourné... »

« Moi je l'ai vue... elle était là bien avant lui... plus loin, à se pencher au-dessus de moi, accroupie tout au bord. Une jolie fille au regard doux. Elle fouillait mes entrelacs, n'y voyait rien je suppose. Pas même son reflet. Ma transparence n'était pas encore ouverte. Je porte la nuit longtemps après elle. Son abîme ne me quitte jamais vraiment et certainement pas si tôt. Plusieurs fois elle a plongé son regard en moi, profondément. Sa voix flottait en surface. Un prénom, répété plusieurs fois, suspendu à des silences. Le vent souvent les balaie mais pas ce matin-là, il était absent. Certains sont encore là. Je peux vous les donner à entendre si vous voulez. Mes eaux ondulent, courbent le son. Mais n'est-ce pas indiscret de tout vous raconter ? Peut-être avant, vaut-il mieux comprendre ?... »

Chapitre 17

Au fond d'une impasse, une vieille bâtisse en pierre, délabrée.

Un toit d'ardoise, des croisillons au-dessus de la porte d'entrée et une lucarne plantée juste au-dessus de la première fenêtre, sur la gauche.

À l'intérieur de cette ouverture, un store déglingué découpe la lumière du petit matin en tranches.

La chambre reste sombre. Posé depuis des lustres, le papier peint à grosses fleurs roses semble fatigué d'être là.

Une armoire à double battants, d'un brun foncé, s'impose massivement sur tout un mur. Un lit rouillé et un tabouret rond de plastique blanc occupent le reste de la pièce. Une surface d'à peine dix mètres carrés.

Clara gît, nue, droguée et menottée à l'armature en fer. Une main tatouée caresse son corps inerte. Le silence avale tout.

Chapitre 18

Pierre et Bastien se tenaient chacun d'un côté de la table. La brasserie à cette heure-ci était pleine. Ça sentait le gratin de pommes de terre et les endives au jambon. Plat du jour à treize euros avec le café : à Paris, c'était correct. Le flux du lundi avait quelque chose de singulier. Une effervescence particulière. Pierre l'avait souvent observé. C'était à qui raconterait son week-end avec le plus d'extravagance. Un souvenir à entretenir quelques heures de plus avant d'entamer cinq jours de captivité forcée. Ses voisins de table jacassaient avec un optimisme forcé, surenchérissaient sur l'anecdote. Demain, il le savait, ils ne parleraient plus que boulot, rattrapés dans leurs frustrations ou leurs ambitions. La Carpe les écoutait distraitement. Il avait mal dormi. Aujourd'hui n'était pas un bon jour. Il avait accepté l'invitation de Bastien à déjeuner comme il avait accepté de le rejoindre hier, par pur égoïsme. Pour ne pas penser. Comme un sursis à ce qu'il avait à faire et qu'il redoutait.

Ce lundi 15 mars était un jour vide.

Ça faisait un an.

S'il arrivait parfois à oublier, aujourd'hui le laisserait sans répit. Il avait acheté son billet de train depuis une semaine, avait suspendu ses missions en cours. Rien d'urgent ou qui ne puisse attendre. Au moins deux jours, le temps de faire un douloureux aller-retour. L'essentiel se réduisant à une grosse boîte de consulting qui soupçonnait plusieurs de ces employés de trafiquer avec la concurrence. Pierre détestait ce genre de boulot. Il avait déjà travaillé pour cette société. Sous prétexte d'une suspicion inventée, ce qu'elle voulait surtout c'était un dossier sur chacun de ses employés. Un moyen de pression. Pierre trouvait dégueulasse de participer à ce chantage. Mais au moins là, il ne tuait pas les gens, ne mettait pas leur vie en danger.

S'il avait été un bon flic, il ne serait pas réduit à ça. La brasserie s'était vidée, avait retrouvé un peu de calme. « Les Concertistes » gardaient le silence, ils attendaient que la Mère Bravo leur apporte un café.

- Avec un nuage de lait pour le beau gosse, dit-elle en ébouriffant les mèches rebelles de Bastien de ses doigts bagués.

Elle avait un faible pour ce gamin-là. Il avait la grâce en lui, un regard franc et spontané qui réveillait ses instincts maternels. Bastien joua les chats, se laissant caresser la tête avec bonheur.

- T'es un amour Betty, dommage que je sois marié…

- Dis pas de bêtises, tête d'ange, je pourrais être ta mère…

- Et alors ?

Betty coupa court à ce petit jeu maintes fois répété. Elle venait de croiser le regard de Pierre. Ce gars-là avait des yeux à vous fendre l'âme qui, à chaque fois, la mettait K-O. Elle le suspectait de lire en elle ou en d'autres sans jamais demander la permission. Il paraissait capable de foutre la pagaille dans la tête des gens. Et elle n'était pas femme à se laisser faire, ses pensées lui appartenaient. Elle n'avait rien à cacher ou si peu ou, comme tout le monde, des fêlures au long cours. Elle ne tenait pas à ce qu'il pointe ses questions de flic entre ses lignes de vie tout juste supportables.

Elle avait un métier, une réputation à tenir et pas de temps à perdre.

Et la Carpe, avec cette manie de rouler ses clopes en prenant le temps de vous fixer le dedans du crâne, l'emmerdait drôlement !

Quand elle était honnête, elle reconnaissait qu'il la troublait. Elle n'avait plus l'âge.

Elle se retourna vers Bastien.

- Alors fiston, c'est quoi l'histoire aujourd'hui ? Parce que quand vous mangez comme ça, avec des silences de conspirateurs, je peux dire que vous êtes sur un coup !

La Virgule lui tira la main doucement, la forçant à se pencher jusqu'à sa bouche et lui murmura à l'oreille :

- Un arc-en-ciel, Betty, c'est l'histoire d'un arc-en-ciel… à sept heures du matin, plus grand que tu n'en as jamais vu…

Elle se redressa en riant.

-    Toi, t'es un poète et t'as rien à faire chez les flics. En tout cas, si c'est que ça, ça n'a pas l'air bien méchant…

Bastien continua en murmurant presque :

-    Ça, on ne sait pas, Betty, on sait pas mais on cherche…

Elle riait toujours en se dirigeant vers les cuisines. Ils la suivaient du regard.

Bastien en souriant, Pierre en commentant :

-    Elle fuit mon regard cette femme. Suis pourtant sûr qu'elle n'a rien à cacher. En tout cas, elle t'aime bien.

-    Ouais et moi aussi je l'aime bien, mais c'est vrai que parfois tu fais flipper à nous regarder comme tu le fais. À croire que tu cherches à nous rentrer dans le crâne. En tout cas elle n'a pas tort, ça n'a pas l'air bien méchant tout ça, à part une hystérique qui s'époumone et un décor de cinéma, on n'a pas grand-chose. Chez nous l'affaire est close, mais toi, je voudrais pas que tu coures le dahu pour rien...

Pierre sourit.

Courir le dahu. Il n'avait jamais entendu cette expression que dans la bouche de Bastien. Un truc de chez lui, là-bas vers Saint-Dizier. Qui faisait tourner les gosses en bourrique ; le temps d'apprendre à être moins naïf.

-    Qui t'a dit que j'allais courir le dahu... comme tu me vois là, j'ai des choses à faire, mystifia Pierre d'un regard qui trahissait sa douleur. Après tout, si ta Miss Baron veut récupérer son téléphone, elle trouvera bien à se manifester et puis ça n'a peut-être rien à voir avec le reste, conclut Pierre en fouillant ses poches pour sortir son portefeuille.

- Bah merde alors, laissa échapper Bastien. Je croyais que ça t'intéressait... avec l'hiver que t'as eu...

L'hiver, Pierre l'avait passé à planquer un mari infidèle, à pister une kleptomane compulsive et à canaliser les errances d'un gamin fugueur. Pas de quoi se rouler la clope du siècle, avait-il avoué à Bastien, alors que lui-même se perdait dans le labyrinthe glacial du 19 rue des Frigos. Un vrai dédale de paumés tous plus allumés les uns que les autres qui l'avaient baladé pendant toutes les fêtes. Sa dinde de Noël séchait encore et sa Julie n'avait pas décoléré d'une semaine. Le pendu du 19 lui était resté longtemps sur l'estomac.

Pierre se sentit fautif. C'est vrai que cette histoire l'intriguait. Il avait senti un truc, s'était même roulé cinq clopes dans la journée. Et il y avait belle lurette qu'une démangeaison pareille ne lui était pas arrivée.

Pour autant, il ne pouvait reporter son rendez-vous et encore moins en parler à Bastien.

- Écoute, dit-il conciliant. T'as sûrement raison, il y a quelque chose à creuser, mais là, je dois partir. Je serai revenu demain. Si ta Miss ne s'est pas manifestée, je te promets de me pencher sur la question.

Bastien connaissait trop son ami pour poser la moindre question

Même s'il en mourait d'envie. Surtout s'il sentait que la précipitation de Pierre à partir relevait plus de la fuite que de l'urgence.

106

- Bah tu me connais, ironisa Bastien en lui emboîtant le pas. Je pinaille toujours, alors que pour les mecs, c'est déjà bouclé. En plus en ce moment, avec les émeutes en banlieue, y sont sur les dents...

Pierre ironisa.

- Sont toujours sur les dents, c'est Paris qui veut ça. Y a trop de gens paumés et de ruelles sombres, trop de magouilles et pas assez de malins…

- - Ouais, bah le malin, ce sera moi s'ils apprennent que je t'ai mis sur le coup !

Bastien savait ce que Pierre en pensait. Il y a belle lurette que les tueurs en série ou les Mesrine légendaires ne faisaient plus la une des journaux. La prostitution et la drogue étaient comme un rhizome sans fin qui s'anarchisait dans l'ombre. Les magouilles politiques et religieuses alimentaient les talk-shows sans plus étonner personne. Les catastrophes naturelles redoraient le blason du carpe diem universel soulevant des nuées de consciences qui retombaient aussi sec. Le commun des mortels était saturé de tout et c'était la misère sociale qui envahissait le décor des rues, qui se fissurait à la moindre agression, qui pointait sa violence dans un ras-le-bol de frustrations, griffant les hommes de plus en plus jeunes dans des expiations de plus en plus banales. Chaque seconde, un être humain entrait en collision avec un autre qui, absous de son humanité, ne se retenait plus d'étouffer sa femme, d'égorger son voisin, de battre son enfant, de violer une inconnue, d'éjaculer sa colère pour un tête-à-queue fait à son existence. Et pour combattre ça, il aurait fallu être un saint, ce à quoi, dixit Pierre, les psys ou les gourous suppléaient très bien. La Carpe lui, avait choisi d'être flic puis détective privé. Et même s'il savait pourquoi, il ne l'aurait certainement pas dit. De toute façon, Bastien ne le lui avait jamais demandé. Il y a parfois des parts d'ombre qui ne cherchent jamais la lumière, qui roulent leurs clopes et se perdent en regards hypnotiques ou qui s'équilibrent en boiterie nuancée.

Et c'était tout aussi bien !

Chapitre 19

Trois heures plus tard, Pierre descendait d'un train. Il avait réservé un taxi qui le déposa six kilomètres plus loin à la sortie d'un village. Le chauffeur avait été curieux et bavard tout le trajet. Il lui avait demandé s'il devait l'attendre ou venir le rechercher. « C'est pas souvent qu'on voit de Parisien par ici. Peut-être qu'il avait de la famille. Parce que le dernier train était à dix-neuf heures et le premier hôtel à cinq kilomètres. Avec ce froid et la nuit qui tombe encore trop tôt, fait pas bon de traîner sur ces routes désertes. Le stop, c'était pas dans les habitudes de la région, avec tout ce qui se passe partout... » Le type n'attendait pas vraiment de réponses. Il enchaînait les phrases. Pierre savait faire semblant d'écouter. Il régla la course en le remerciant, dit qu'il se débrouillerait et se retrouva seul. La lumière baissait déjà, le froid le surprit, plus mordant qu'à Paris.

Il releva le col de son blouson et fourra les mains dans ses poches.

À cette heure-ci il était sûr de ne trouver personne. Devant lui, des champs à perte de vue, éventrés par une route toute droite. Derrière lui, un village qui n'allait pas tarder à fermer ses volets. Entre les deux, un cimetière comme une frontière muette. Un muret en pierre et une grille en fer blanc. Il n'avait rien apporté. Ne voulait pas laisser trace de son passage. N'en avait pas le droit. Il s'immobilisa devant le marbre gris. Et attendit. Il était venu sans savoir ce qu'il cherchait. De toute façon, les secrets ne pardonnent pas. Ils enferment. C'était il y a un an et sa culpabilité n'avait cessé de croître. Il n'avait rien à dire, rien à demander. Il finit par s'asseoir sur le bord de la tombe. Ecouta. En vain. Il resta jusqu'à ce que le froid et la nuit l'engloutissent.

Chapitre 20

Domino a passé la matinée dans la cuisine, l'oreille collée au vieux poste de radio. Et pourtant, c'est à peine s'ils en ont parlé. Une info parmi tant d'autres. L'explosion n'a pas été si violente que ça. Le feu ne s'est pas propagé. Seul son pavillon a brûlé. Un accident domestique des plus banals pour un vieux retraité, malade et probablement sénile d'après les premières constatations.

Domino enrage. Quel gâchis !

Ici, il n'y a pas de connexion Internet. Il ne sait pas jusqu'à quel point sa caméra a enregistré son œuvre. Jusqu'au moment de la déflagration sûrement. Ses fidèles ont dû voir le premier domino chuter et emporter tous les autres dans sa course. Quelques minutes de grande envolée, un spectacle de toute beauté, il en est sûr. À cette heure-ci, il espère avoir dépassé les deux mille connexions. Et pourtant, il lui faudra attendre pour le savoir. En fait, il n'ose pas s'éloigner. Il monte voir Clara toutes les heures. La regarde sommeiller. Emu. Inquiet.

Elle a dormi sans interruption depuis qu'il a transporté son corps dans la voiture. Faut dire qu'elle est toute menue et qu'elle n'a sûrement pas l'habitude. Un simple mouchoir imbibé d'éther a suffi à la rendre toute molle. La kétamine a fini de l'achever. Au final, ça a été un jeu d'enfant et pourtant Domino se sent frustré. Il s'était imaginé les choses autrement. Moins brutales. Plus romantiques. Rouler mille bornes tout seul avait été pénible. Pour se reposer quelques heures, il avait dû doubler la dose, de peur qu'elle ne se réveille. Maintenant ça ne devrait plus tarder. Il ne s'est absenté qu'une courte demi-heure pour acheter à manger. Il n'a même pas osé s'éloigner pour trouver un cybercafé. Il veut être là quand elle ouvrira les yeux. Il n'y a plus que cela qui compte. Qu'elle se réveille et que tout commence. Avant n'a même jamais existé. Une pichenette et boum ! Tout est parti en fumée. À quoi bon s'accrocher à ce qui n'existe plus. Il va éteindre cette maudite radio. La débrancher. Aller dans le salon. Ouvrir la fenêtre. Et la jeter dans le jardin.

Au diable les vestiges du passé !

Chapitre 21

Bastien n'eut des nouvelles de Pierre que le mardi soir. Il venait de rentrer chez lui, passablement énervé. Il piétinait sur une affaire. Il avait planqué toute la journée. Il était fatigué. Et sa Julie qui n'était même pas là pour l'accueillir. Deux ans plus tôt, elle avait décidé de quitter son poste de secrétaire où elle s'emmerdait, pour reprendre ses études. Elle en avait marre, disait-elle, de bosser pour des cons prétentieux, de ne servir à rien d'autre qu'à faire le larbin. Elle voulait être utile. Elle avait rejoint les bancs de la fac, entrepris de devenir psychologue. Et comme un salaire de moins n'était pas sans conséquence, elle s'était déniché un petit boulot le soir dans un hôtel qui lui permettait de réviser ses cours sans être trop dérangée. Enfin, passé vingt-trois heures, et seulement si elle ne s'endormait pas sur ses cours, rompue. Bastien l'avait encouragée. Était fier. Mais trouvait de plus en plus triste et difficile de rentrer dans une maison vide. Avec des plats à réchauffer et des *Post-it* à déchiffrer. Aussi fut-il heureux que Pierre l'appelle et lui demande où en était l'arc-en-ciel.

Cette histoire avait chatouillé La Virgule une ou deux fois ces dernières vingt-quatre heures. Il avait su qu'on avait dragué le plan d'eau, mais comme aucun cadavre n'était remonté, il avait remisé ça dans un coin de sa tête. Et puis comme personne non plus n'avait réclamé le téléphone portable et encore moins sa propriétaire, il avait presque oublié. Jusqu'au coup de fil de Pierre. « Pourquoi, lui avait-il demandé, ça t'intéresse encore ? » La Carpe s'était contenté d'un « peut-être, si t'es libre... on se voit demain » avant de raccrocher.

Bastien avait souri, d'un coup ragaillardi.

Il avait deux jours de repos. Et sans sa Julie, c'était deux jours de trop. Les passer avec La Carpe à renifler n'importe quelle piste, aussi illusoire soit-elle, était un extra qu'il s'offrait de temps en temps. Être confronté tous les autres jours aux rigueurs noires de son métier, à la violence tachée de sang, aux grimaces tordues de jeunes loups en plein désespoir, au stress continuel d'un misérabilisme à verbaliser et à contenir, tout en sachant que rien ni personne n'arrêterait jamais cette déferlante haineuse, l'épuisait.

Il avait les deux pieds dans la tourbe, ancré dans les faiblesses et la souffrance humaines. Si son choix d'être flic n'avait jamais prôné d'idéal révolutionnaire ou salvateur, Bastien s'avérait au fil du temps assez loin de ses premières ardeurs où, singeant MacGyver, il s'imaginait devenir le héros de quelques rescapés injustement brutalisés.

Dimanche matin, quand, après une nuit passée à débusquer des rues parisiennes tous les addicts de la cabale infectieuse, l'arc-en-ciel l'avait accueilli, il avait su. Depuis le départ de La Carpe, son quotidien sinistre lui rongeait l'âme.

Rien n'était plus pareil et il n'arrivait pas à s'y faire. Il avait hérité d'une jeune recrue sans originalité qui lui plombait les semelles. Suivre les tribulations nébuleuses de cette Miss Baron en comptabilisant les clopes de son ex-coéquipier ravivait sa nostalgie autant que son enthousiasme.

Il ne se posa même pas la question de savoir ce qui motivait Pierre. Pierre ne lui aurait pas dit. Peut-être tout simplement parce que lui-même ne le savait pas. Il était rentré bizarrement apaisé de son escapade. Il avait tenté d'entendre ce que la nuit avait à lui dire quand il avait marché pour revenir du cimetière à l'hôtel. Mais il n'avait rien attrapé. Pas un son. Pas un murmure. Un grand vide que ses pas avaient foulé avec application. Dans le train, il avait réfléchi à ce qui l'attendait. Ces employés modèles qu'il allait devoir sonder pour en extraire la « malitude ». À donner en pâture à des ogres voraces qui le payaient certes bien, mais qui n'avaient pas de limites. À cette entreprise aussi qui souhaitait qu'il enquête sur une escroquerie à l'assurance. Un type qui niait avoir lui-même mis le feu à sa voiture, son chien et sa maison et en réclamait le remboursement. Trop simple. Médiocre. Pitoyable ? Eux ou lui ? Ne voulant pas répondre à cette question, il avait laissé son regard défiler au rythme du paysage, à travers la vitre du train. Et sans s'en apercevoir, avait sorti son paquet de tabac.

À ce moment-là, la légende de l'arc-en-ciel lui était revenue en mémoire. Une vague histoire comme quoi la pluie et le soleil réunis signifiaient que le diable était en train de battre sa femme. Étaient-ce ses pérégrinations morbides sur la tombe de Diane qui poussaient son intuition et créaient dans son inconscient un transfert de prémonitions ? Comme toujours le processus lui échappait mais la conclusion s'imposait.

Il allait chercher.

Chapitre 22

Pierre et Bastien avaient convenu de se retrouver chez la Mère Bravo pour un café au comptoir. Vite fait. Le temps pour La Virgule de se laisser chouchouter par Betty et pour La Carpe de s'en rouler une. Le temps de se mettre d'accord. En même temps, ils n'avaient pas grand-chose. Une femme avait perdu son téléphone portable, lequel avait enregistré sept messages vocaux d'une vraie harpie se demandant où elle était passée. Le numéro de téléphone renvoyait au nom bizarre de « la Dame de Pique » et basculait aussitôt sur le standard d'une société comptable, place de la Bourse. Ce n'était l'affaire que d'un petit aller-retour. Un, pour rendre son portable à sa propriétaire qui bizarrement n'avait pas eu la prudence de faire couper la ligne et donc devait s'en foutre royalement.

D'ailleurs, qu'elle l'ait balancé pour échapper à l'invective pouvait se comprendre. Et de deux, pour voir à quoi ressemblait une Dame de Pique. Ce qui semblait intéresser Bastien plus que le reste.

-    Ça serait peut-être bien que quelqu'un la calme, cette dingue. Ou elle finira un procès aux fesses pour harcèlement. Elle est complètement folle et vulgaire en plus. Tu veux écouter ?

Pierre avait haussé les épaules, payé les cafés et il était sorti avant que Betty ne revienne pour leur offrir une autre tournée. Une demi-heure plus tard, ils rencontraient le directeur des ressources humaines, Philippe Singer, un homme plutôt courtois, mais dont le regard fuyant avait tout de suite déplu à La Carpe. Un costume cravate sans grande allure mais à la tchatche facile. Une calvitie naissante, un peu d'embonpoint, une bonne tête, le genre vendeur de boniments à prix cassés. Il avait sorti le dossier de Clara et en parlait déjà au passé.

\- Elle était du genre discrète, effacée, jamais un mot plus haut que l'autre. Une sacrée bosseuse, toujours à l'heure, jamais absente. Pas un écart en dix ans. Je peux vous communiquer son adresse personnelle ainsi que celle de sa mère, mais je ne saurais vous en dire plus. Elle était sociable et en même temps, comment vous dire… assez sauvage. Je doute qu'ici on vous dise autre chose. Elle n'a pas fait de bêtises au moins ?

Pierre avait tenté de saisir le regard de Philippe Singer. Ce type jouait sur les cent quatre-vingt degrés à une vitesse folle, un exercice à vous filer le tournis. Il s'était donc assis sans qu'on l'y ait invité et avait commencé de rouler une cigarette. La Virgule, resté en retrait derrière Pierre, nonchalamment adossé contre la porte, avait enchaîné :

\- On a retrouvé son portable dimanche matin au bord d'un lac. Quand l'avez-vous vue exactement pour la dernière fois ?

Le jeune directeur semblait juste s'apercevoir d'une autre présence que celle de ce flic hautain qui s'autorisait à le provoquer dans son bureau. Il avait failli lui rappeler la loi qui interdisait de fumer dans les lieux publics, mais ses yeux scrutateurs l'en avaient dissuadé. Son regard lui foutait la frousse. S'il en disait trop, ce mec allait deviner qu'il avait eu une liaison avec Clara et il pensait que ça ne le regardait pas. Certes, elle avait pété les plombs, mais pas à cause de lui, il en était sûr. Leur histoire était ancienne, sans conséquence et ce secret n'expliquerait certainement pas ceux qui avaient poussé Clara à partir en clouant le bec à cette salope de Brak. Il n'était coupable de rien mais face à ce regard vert, il sentait qu'il aurait pu avouer tout et n'importe quoi. Il avait un je-ne-sais-quoi de direct qui vous percutait du dedans et faisait remonter à la surface tout ce qui voulait être oublié. Même son psy ne l'avait jamais autant ébranlé. Il dévia son regard sur la poignée de la porte que Bastien maintenait fermée, les mains croisées derrière son dos. Il se sentit pris au piège. De quoi ? Il n'aurait su le dire, mais ces deux-là étaient de foutus emmerdeurs. Il recula jusqu'à la fenêtre derrière lui. Il avait besoin d'espace. Il n'était pas directeur des ressources humaines pour rien et se persuada qu'ils n'étaient ni plus ni moins que deux pigeons venus mendier, à qui il ne lâcherait que des miettes. C'est bien pour ça qu'il était payé. Il répondit méthodiquement.

- Vendredi dernier, vers onze heures trente, elle est venue me donner sa démission. Une lettre circonstanciée, très soignée mais datée d'il y a un mois. À croire qu'elle avait cette idée depuis bien longtemps. Quelque chose a dû la perturber avant de venir, sinon elle aurait changé la date. Il n'y a qu'à voir ce qu'elle a fait dans le bureau de sa responsable, mademoiselle Brak.

- Oui, une femme plutôt en colère et pas très patiente, à ce que l'on sait ? questionna Bastien. On a retrouvé sept de ses messages sur la boîte vocale de mademoiselle Baron. C'est une habitude, chez elle, d'invectiver ainsi ses collaboratrices ?

Philippe Singer fut pris d'une quinte de toux. Ses yeux décrivaient maintenant un cercle à trois cent soixante degrés.

Il se retourna pour prendre une bouteille d'eau sur le rebord de la fenêtre, s'en servit un verre, l'avala d'un trait et finit par s'asseoir derrière son bureau.

- Franchement je ne sais pas quoi vous dire. En effet mademoiselle Brak n'est pas quelqu'un de très facile. Mais vous savez, les ragots... Moi, je ne travaille pas en direct avec elle, il vaudrait mieux voir avec ses collègues. Ils seront plus à même. D'autant que depuis vendredi midi, mademoiselle Brak est absente. Elle nous a fait parvenir un arrêt maladie ce matin même. Une mauvaise fièvre ce week-end, peut-être un début de grippe. À la sortie de l'hiver, ce sont des choses qui arrivent...

Lâche, pensa La Carpe.

T'as un joli minois, un poste qui te rend important, tu fais illusion, mais tu mouilles ta chemise, mon vieux !

Pierre se méfiait des types qui commençaient leurs phrases par « Franchement » ; la trahison n'était jamais loin. Il se leva, se pencha légèrement au-dessus du bureau, fit glisser à l'intérieur d'un pot à crayons la cigarette qu'il avait finie de rouler, se retourna et pendant que Bastien, la main sur la porte, ouvrait celle-ci, dit :

- Si mademoiselle Baron donnait de ses nouvelles, faites-nous signe.

Et s'adressant à Bastien :

-   Demande à monsieur les coordonnées de mademoiselle Brak et laisse-lui les nôtres, on ne sait jamais.

Pierre sortit, Bastien resta.

Trois minutes plus tard, il le rejoignait devant l'ascenseur. Les portes se refermèrent juste à temps. Leurs rires auraient pu s'entendre à l'autre bout du couloir.

La Virgule était aux anges.

Ah nom de Dieu, ce que c'est bon ! Comme au bon vieux temps, si le mec avait été coupable, j'aurais pas parié trois clopes avant qu'il s'allonge…

-   Ouais, ce type ne tiendrait pas trente secondes la main au-dessus d'un grille-pain. Et ses yeux, deux billes dans un flipper... Pas coupable, ça c'est sûr, mais pas franc du collier non plus !

-   Si tu veux mon avis, la petite Clara, il se l'est sautée ! T'as vu comme il s'est défendu de ne rien savoir d'elle avant même qu'on lui pose la question ?

-   Les ragots ont raison des réputations et ce mec tient à la sienne surtout quand c'est pas à son avantage. Il n'a pas dû être à la hauteur…

-   Si c'est un nid de lâches, on va pas pêcher grand chose avec les autres.

-   On va vite le savoir.

La porte s'ouvrit au deuxième étage, là où la fille de l'accueil, une grande rousse aux yeux verts, les avait reçus à leur arrivée. C'était aussi l'étage de la cafétéria. La jeune hôtesse s'adressa exclusivement à Bastien, les taches de rousseur prêtes à lui sauter dessus. Elle l'informa qu'il trouverait Cindy et Suzanne, les collègues de Clara, en train de prendre un café, ajoutant qu'elle restait à sa disposition s'il avait la moindre question.

Elle n'avait pas fini sa phrase que Pierre avait déjà pris la tangente, abandonnant lâchement Bastien. La Virgule s'en tira avec un sourire farceur, l'annulaire levé à hauteur de front, désignant par son alliance qu'il avait déjà trouvé toutes les réponses.

Miss Rousse s'empourpra et tourna vivement les talons. Bastien, la mine désolée, haussa les épaules et rejoignit Pierre déjà en conversation avec ladite Cindy. Dans les vingt-cinq ans, sexy, volubile, le regard sans cesse rivé à son téléphone portable.

- Tout le monde ne parle que de ça ici ! Clouer la Dame de Pique à son siège, c'est du jamais vu !

Pierre l'interrompit :

- La Dame de Pique ?

Suzanne, une femme d'une cinquantaine d'années, toussota, gênée.

- Oui... enfin... mademoiselle Brak... c'est-à-dire que...

Cindy l'interrompit.

- C'est un surnom. La Dame de Pique ou le Dragon, vous pouvez choisir. Vous comprendrez quand vous la verrez. Tout le monde ici la surnomme ainsi, c'est même plus un secret, elle est tellement « chieuse ». Moi j'suis pas là depuis longtemps mais j'ai compris tout de suite, enfin, si vous la voyez… Paraît qu'elle s'est fait porter pâle.

Moi je dirais pas ça, la dernière fois qu'on l'a vue elle était verte de rage...

Bastien, fasciné, écoutait le coassement de la jeune femme, un peu en retrait de Pierre, qu'il sentait déjà agacé.

Suzanne tenta d'arrondir les angles.

- C'est vrai que mademoiselle Brak a mauvaise réputation : tatillonne, exigeante, colérique... Et Clara, c'était un peu son, comment dire... « défouloir ».

Cindy s'esclaffa.

- Caractérielle ouais, et pas juste avec Clara, même si c'était son punching-ball préféré. Des boules de geisha, on a toutes rêvé de lui en offrir à cette vieille frustrée !

Suzanne, faussement outrée, s'indigna.

- Oh Cindy ! –
- Bah quoi, Suzanne, faut dire ce qui est. Mais le mieux dans tout ça, c'est que ce soit Clara qui l'ait fait, personne n'aurait cru, et rose fluo avec ça... Vous auriez dû voir sa tête à la Brak, elle a hurlé si fort qu'évidemment on a été plusieurs à se précipiter. En nous voyant, elle a piqué une crise en nous traitant de tous les noms. Puis elle nous a claqué la porte au nez. Cinq minutes plus tard, elle quittait son bureau et depuis elle n'est pas revenue. Je peux vous dire qu'ici tout le monde respire !

- C'est que ça a dû lui faire un choc, reprit Suzanne, surtout venant de Clara. Une fille bien, travailleuse, distinguée, très jolie... et pas pimbêche pour autant, ça non, à jamais dire du mal de personne, plutôt silencieuse et triste aussi... Surtout depuis la mort de son père il y a un an, ça a été un choc pour elle, elle avait changé, encore plus repliée sur elle-même, mais en même temps... comment dire... moins à se laisser faire, comme si elle essayait de... je sais pas moi... comme si enfin elle apprenait à se défendre.

Elles avaient continué sur le même ton, sans que ni Bastien ni Pierre n'aient à poser de questions. Impatientes, fébriles, elles s'en donnaient à cœur joie. Le Dragon en prenait pour son grade : une vieille fille, sans enfant, frustrée, portée sur la boisson, hystérique, revancharde et caractérielle. Ils sentaient des années de rancœur et de frustration dans chacun de leurs mots. Clara avait ouvert une porte, elles s'y engouffraient. L'occasion était trop belle, l'adversaire à terre, elles en profitaient. Le temps de son absence, avant qu'elle ne revienne. La Carpe n'en pouvait plus, il fallait que cesse cette logorrhée. C'était clair qu'une icône était née et que la Miss avait toutes les excuses. Mais pour combien de temps ? Depuis, personne n'avait de nouvelles. Il fallait revenir à du concret. Il sortit son tabac.

Bastien, que sa jambe titillait depuis un bon moment, comprit le message et les remercia. En partant, il déposa sur le comptoir de la jeune hôtesse la cigarette de Pierre.

Elle le regarda, sans comprendre.

Ce coup-là, on ne lui avait encore jamais fait. « Si au moins il avait inscrit son numéro de téléphone !

Encore un barge », soupire-t-elle déçue.

Chapitre 23

Au même moment, dans la chambre à la lucarne, le store absorbe l'essentiel de la lumière du jour. Clara, réveillée, pleure.

Domino tente de la calmer, la contraint à l'écouter, tout en la caressant. Sa main tatouée caresse sa poitrine, il pousse un râle et progresse jusqu'à son visage.

- Clara, ma Petite Sœur, ouvre les yeux, tout va bien, je t'assure... tout va bien... je suis là... ça va aller maintenant... on est à l'abri... un long voyage, mais on est arrivés... c'est un peu vieux ici mais on va arranger ça... ne pleure pas, arrête... ça va maintenant.

Sa voix se fait plus ferme. Clara effrayée, renifle, tente de retenir ses larmes.

- Où suis-je ? Qui êtes-vous ?

Domino, le sourire perfide, feint de s'étonner.

- Clara, ne fais pas l'enfant... tu sais qui je suis... Domino...

Forçant Clara à tourner la tête vers lui, il continue patiemment, laissant de mornes silences ponctuer chaque phrase.

- - Eh Petite Sœur, regarde-moi, c'est pour toi que j'ai fait tout ça... Regarde-moi, tu t'en doutais.... Pourquoi as-tu si peur ?... Ne m'aimes-tu pas ?... Ne sommes-nous pas liés ?... Je connais tout de toi... Ne t'ai-je pas aidée ?...

Clara, hagarde, se rétracte sous la main de Domino. Celle-ci glisse sur son cou, descend sur son ventre, dessine le galbe de ses jambes, remonte entre ses cuisses, fouraille à la lisière de son sexe.

Quand Domino retire ses doigts, il les porte à son visage, les respire et murmure :
-    Qu'importe le reste, non ?...

Chapitre 24

Domaine Sainte Catherine, Créteil.
Mercredi. 17 heures.
Pierre et Bastien trouvent porte close et volets fermés. Anne-Marie Brak semble absente. Une Peugeot 206 grise est garée devant le portail du pavillon, les clés sur le contact. Un oubli dangereux qui, pourtant n'a séduit personne. Le capot est froid, Pierre en déduit qu'elle doit se trouver là depuis un bon moment ; le frein à main est tiré à fond et le véhicule garé de guingois. Assurément, la Dame de Pique n'a pas décoléré. Pierre retire les clés du contact. L'habitacle sent le neuf, aucun gadget ni CD en vue. Il verrouille les portières et entreprend de se rouler une cigarette. La Virgule, lui, hésite à sonner une seconde fois :
-    Tu crois qu'elle se terre ? Honte ? Flagellation ? Colère ? Le tout noyé en un concentré vineux ?
Singeant ce qu'il croit avoir saisi de la Dame de Pique, il fait mine de vider un dernier verre et de s'arracher les cheveux. La Carpe le regarde faire, amusé un instant avant de le stopper d'un geste sec. Une femme remonte la rue, tête baissée, un sac à la main frappé d'un logo vert facilement reconnaissable. Arrivée à leur hauteur, elle les dévisage distraitement. Son visage est sombre et

ses yeux gonflés, totalement absents. Elle leur prête la même attention que l'on prête à un obstacle qui barre le chemin et qu'on détourne par pur réflexe. Qu'ils puissent être deux poteaux mal alignés, plantés là par étourderie, ne l'arrête pas. Elle les dépasse, indifférente. Fouillant son sac pour en extirper un trousseau de clés, elle prend conscience de leur présence au moment où ils se présentent. Sa bouche se tord quand Pierre lui explique qu'ils viennent pour Clara. Bastien la regarde avec méfiance. Tout dans le corps de cette femme trahit une haine contenue. Par réflexe, il porte sa main à sa ceinture. « Eh merde ! » jure-t-il en lui-même. Il est ici comme un couillon, sans son arme. La femme ouvre la porte d'un geste brusque et dans un silence buté les conduits dans la cuisine. Assis devant un verre d'eau, refusant un verre de vin qu'elle-même se sert abondamment, ils attendent. Elle vient de sortir d'un sac à pharmacie plusieurs boîtes de comprimés dont une qu'elle s'empresse d'ouvrir. La barrette de Lexomil, tirée de son emballage, glisse sous sa langue. Presque instantanément elle paraît se détendre. « Un camé n'aurait pas fait mieux », pense Bastien.

Indifférente aux Concertistes toujours silencieux, La Virgule attendant La Carpe qui lui-même attend le bon moment, la femme leur fait volte-face et sort de la pièce. Ils l'entendent ouvrir un tiroir, puis claquer une porte en jurant. Quand elle revient, elle tient dans la main une petite boîte rectangulaire qu'elle pousse du bout des doigts, le visage blême.

La hache de guerre vient d'être déterrée.

Il y a du fiel dans cette femme-là, La Virgule l'a senti en entrant chez elle. Une forte odeur de perversité, comme il en coule souvent de la bouche des types qu'il coince, une main en excuse et l'autre encore fourrée dans la culotte d'une petite fille. Elle n'a pas le regard droit et son silence relève plus d'une rage contenue que du repli tétanisé de la victime. Sa mine outrée en désignant les boules de geisha roses ne la rend pas plus sympathique. Pierre, qui n'est pas dupe, lui plante son regard au fond de l'âme.

Anne-Marie Brak baisse les yeux. Ne les relève que pour regarder ailleurs. Bastien connaît peu de gens capables de soutenir l'inquisition vert d'eau de son ami. Mais tout de même, pour une Dame de Pique... Décevant ! Elle ne refuse pas de parler, répond par fragments comme si chaque mot est l'aveu d'une souffrance. Ils n'apprennent rien qu'ils ne sachent déjà. Elle est de celles dont l'autorité supérieure recroqueville la révolte et qui, toutes honteuses de s'en apercevoir, se drapent d'une dignité feinte, le silence en armure.

Quand La Carpe roule une énième clope, elle ne bronche même pas et quand il lui pose la question : « À votre avis, qu'est-ce qui a poussé votre employée à agir de la sorte ? », il se dit qu'il aurait pu aussi bien l'avaler, elle n'aurait pas plus réagi. Bastien songe à la réponse qu'elle a donnée. Un murmure bégayé les dents serrées :

- Sûrement quelqu'un qui l'y aura poussée ! La Carpe aussi paraît tilter sur cette version. C'était bien le seul indice valable qu'il puisse tirer de cette journée.

Chapitre 25

Quand Bastien dépose Pierre en bas de chez lui, il est à peine dix-neuf heures. Pas un mot n'a été prononcé. Chacun à sa manière, ils ont tenté de déchiffrer la partition des questions Clara Baron. La Virgule pianotant d'un pouce le volant, serré dans les bouchons, la Carpe hypnotisé par une feuille de papier qu'il a scrutée un bon moment avant de se décider à la rouler.

Quel genre de fille peut se dénuder un dimanche à l'aube et vouloir nourrir les poissons avec un téléphone portable ?

Quelles pensées malsaines lui ont donc traversé la tête pour donner sa démission abruptement et offrir en gage d'adieu à une femme frappée d'aphasie un foutu cadeau ?

Comment une jeune femme au parcours studieux, linéaire et structuré devenait un serpent venimeux au tracé chaotique ? Qui, de l'inconnu handicapé ou de cette femme, avait renversé l'autre au bord du lac ce matin-là ?

Est-ce que tout ça d'ailleurs a un rapport, une logique ? Est-ce qu'ils n'ont pas mieux à faire que de chasser un gibier qui, certes, est peut-être en train de crever un abcès, mais qui n'a, somme toute, pas fait grand-chose de répréhensible ?

Il est trop tôt pour le savoir. Peut-être pas trop tard. Est-ce qu'ils en ont le droit ? Chaque année, des personnes disparaissent, souvent de leur plein gré. Elles claquent la porte à des années de mauvais cauchemars et partent refaire leur vie. C'est légitime.

Est-ce qu'on peut leur en vouloir ? Est-ce qu'on a le devoir de leur courir après ? Est-ce qu'elles ne méritent pas qu'on leur foute la paix ? La Miss Clara démissionne un beau matin. Cloue le bec à sa chef. Balance son portable. Et après ? Pierre lui-même n'a-t-il pas failli faire la même chose un an auparavant ? Envoyer tout balader. S'enfuir. Qu'est-ce qui l'a retenu ? Bastien n'a jamais posé la question. Pierre lui-même n'a peut-être jamais cherché la réponse. Qu'est-ce qui compte au final ?

La Virgule regarde son ami quitter le véhicule. Ils n'ont toujours échangé aucun mot. N'ont pas osé. Il connaît Pierre. Il va passer la nuit là-dessus. Décortiquer la bête. Ils s'appelleront demain. Bastien, lui, n'a plus qu'une hâte, retrouver sa Julie. Et même si elle travaille, il ira la rejoindre.

Chapitre 26

Dans la chambre, une bougie perce l'obscurité. Dehors, la nuit est tombée depuis peu. Un vent fort s'est levé qui crochète les volets d'un grincement redondant.

Clara, la tête plantée dans l'oreiller, fixe le plafond, le regard vide. Une odeur viciée l'empêche de respirer pleinement. Elle retient son souffle pour ne pas crier. Retient ses jambes pour ne pas trembler. Entre ses cuisses largement écartées, la tête de Domino pousse des grognements, psalmodie son nom. La regarder et la sentir le fait redevenir animal. Une main entre ses propres jambes, il se masturbe. Clara s'absorbe dans la contemplation de trois grosses taches jaunâtres. La peinture, partiellement écaillée, regorge d'auréoles. Elle ne sait pas ce qu'il y a à l'étage. Un toit aux tuiles mal chevauchées, une pièce d'eau, un grenier ? En tout cas, une fuite récente, un passage où se couler. Une issue, quelque chose qui la tire de là, l'aspire ou la noie. Elle harponne son imagination, se fond d'une tache à l'autre. Mais sans cesse les râles la tirent vers le bas.

Domino ne grogne plus. Il a crié dans son ventre une première fois, plusieurs autres petites. Maintenant il repose. Elle l'entend qui pleure. Entre ses cuisses, les mains arrimées à ses hanches. Jamais elle n'aurait cru vivre ça. Elle a bien vu, quand elle s'est approchée l'autre matin, que quelque chose clochait. Elle a failli reculer, s'enfuir, ne pas savoir. Et puis, face à une silhouette en fauteuil roulant, elle possédait son tout nouveau courage. Ils se sont parlé. Enfin Domino surtout. Elle l'a écouté. Attentivement.

Depuis il y a comme un vide en elle. Elle s'est réveillée dans cette chambre, ce matin ou ce midi, en tout cas il faisait jour. Sa mémoire étrangement perdue dans un désert blanc. La tête molle, le corps sans vie, la bouche sèche. Elle ne sait pas où elle se trouve. Ni même avec qui.

Sa mère va sûrement s'inquiéter.

Chapitre 27

Ils y sont. Se sont décidés. Au troisième café, ils sont arrivés à la même conclusion. On va jusqu'au bout. Au moins jusque chez elle. Au 64 rue du Faubourg-Poissonnière. Au pire, elle les envoie balader. Au mieux, ils sont rassurés. Il y a tout de même quelque chose d'étrange à tout ça. Une incohérence que Pierre ne définit pas, mais que l'Inclus en lui ne cesse de pointer en l'obligeant à rouler clope sur clope. Bastien se défend de n'avoir qu'une journée encore à consacrer à ce petit jeu. Si ça tourne mal, et sans éléments plus tangibles qu'une banale intuition, La Carpe devra se démerder tout seul. Bastien a pris sa voiture. Pour se garer, avec le macaron, c'est plus simple. Et de fait, à part le bateau devant le porche d'entrée, la rue est saturée. Un long boyau d'étranglement qu'il ne se voyait pas parcourir plusieurs fois. Ils entrent.

Une porte cochère, une cour carrée, de vieux pavés bosselés. Une façade grise de pollution, trouée de fenêtres : des dizaines de vies en grappes ; des niches comme le Tout-Paris en cache. Ni ostentatoires ni misérables. Du fringant bobo. Étudiants, artistes, familles bourgeoises. Pas encore le Marais, loin de Vendôme, mais plus du tout le dixième arrondissement à quelques rues seulement ; fourmillantes, bigarrées, exubérantes.

Une femme d'une soixantaine d'années se tient au centre de la cour. Un balai dans une main, une pelle dans l'autre et à ses pieds, un monticule d'immondices. Elle grommèle entre ses dents, visiblement en colère, le geste hargneux. Bastien n'y comprend rien, décèle un accent, de l'italien peut-être « Puta de… » qui s'interrompt lorsqu'ils la rejoignent. Elle les toise, un mauvais pli au coin des lèvres. « Encore des types d'une quelconque agence immobilière qui fouinent la bonne affaire », pense-t-elle. Il en vient régulièrement. Non pas qu'elle n'eût pas échangé certains propriétaires contre de nouveaux, mais à choisir, elle l'aurait fait toute seule. Elle s'y connaissait, elle, depuis le temps qu'elle exerçait son métier ! Si on lui avait demandé son avis plus souvent, elle les aurait évités les mauvais payeurs, les bruyants ou les radins qui systématiquement prenaient leurs vacances entre Noël et jour de l'an, oublieux des étrennes.

Elle va les refroidir. Ce n'est pas le jour.

Elle aboie :

- Vous cherchez quelque chose ?

Les Concertistes ralentissent le pas, se regardent, un air de sous-entendu « ok, on le fait comme ça », puis La Carpe, sans un mot, s'éloigne vers le local des boîtes aux lettres, laissant à La Virgule le soin de l'affrontement. Il nomme Clara et sort sa carte. Un barré tricolore a toujours de l'effet. Rien de tel pour prévenir les débordements belliqueux. Résultat immédiat.

- Vous venez pour la petite du sixième, la pimbêche ? C'est son voisin qui vous a appelés ? C'est pas trop tard, non ? Elle a fait son boucan vendredi dernier...

La femme a démarré au quart de tour. Comme si elle n'avait attendu que ça. « Un nom, un déclic, une histoire, c'est toujours la même chose », pense Bastien. Des concierges de la sorte, ça vous récite la genèse. Il va avoir droit au grand déballage. Et puisque la police est là, autant en profiter. – C'est pas qu'il y ait grand tort à faire aux locataires de cet immeuble, mais tout de même si vous pouviez en profiter pour dire deux mots au nouveau du cinquième, bon là il est parti, mais je sais pas moi, le convoquer, une fois sur deux il rentre sa moto dans la cour et c'est pas moi qui le dis, c'est le règlement, mais les motos à l'intérieur c'est dangereux, et puis aussi la cour c'est pas un cendrier, quand ils font des fêtes au troisième il fument tous à la fenêtre et moi le lendemain, qu'est-ce que je fais après ça, hein, eh bah je ramasse (elle montre le tas à ses pieds, le temps de reprendre son souffle et continue sa litanie, comme elle l'a commencée, d'une traite, presqu'à bout de souffle) et qu'à trois heures du matin je te dévale les escaliers à tout va, aucun respect des autres et vlà maintenant que c'est au tour de la petite, jusqu'à maintenant remarquez ça allait, ça on peut pas dire, à croire qu'on est tous transparents, le genre hautain vous voyez, y en a qui mettent ça sur le compte de la timidité, moi je veux bien, mais depuis le temps, et l'autre matin un boucan du diable…

Pierre a rejoint Bastien. Le débit de madame Santini, gardienne de l'immeuble, se ralentit pour enfin stopper net. Sa voix affronte le regard de Pierre. Deux réactions possibles. Ou le charme opère et c'est pain bénit. Ou la peur fait résistance et ça prend plus de temps. Contre toute attente, le charme opère. Bastien recule d'un pas et attend, mi-amusé, mi-curieux. La gardienne vient de révéler un sourire dont il ne soupçonnait même pas qu'elle en fût capable. Une volte-face d'humeur qui tient du miracle. Le silence emplit la cour comme une bulle autour d'eux, enveloppante et bienfaisante. La suggestion de Pierre, prononcée comme un murmure à la concierge, y semble suspendue. Et y être pour beaucoup.

-     Il me semble qu'on devrait jeter un œil à son appartement.

Et voilà, en quelques mots, il vient d'accéder au rêve de cette femme. Il est le prince charmant qui va lui ouvrir une porte. Celle de Clara Baron. À son arrivée, cette dernière avait déposé un double à la concierge « Au cas où, on ne sait jamais ! » Mais il n'y avait jamais eu de « au cas où ». Pas de semblable en tout cas. Mais si la police l'exige, alors là ! Elle les précède dans l'escalier, jusque devant la porte, introduit la clé dans la serrure quand Pierre l'interrompt. Plongeant son regard dans le sien.

- Si vous voulez bien nous laisser maintenant, je pense que ça va aller. Vous en avez déjà beaucoup fait…

Retour à la case départ. Elle vient de subir un affront. Sa bouche se crispe et dans un grincement de dents, tente un « Mais vous êtes sûr parce que je peux aussi bien rester là au cas où… on ne sait jamais… » Bastien lui sourit, son barré tricolore toujours à la main. Il n'est pas très à l'aise avec ce qu'il fait. Il est censé être en congé. Usurper son autorité pour pénétrer chez quelqu'un, dont a priori la vie n'est pas en danger, frise la faute. Quelqu'un qui a semble-t-il pété les plombs, mais qui n'a rien demandé à personne. Si ses collègues ne se sont pas déplacés vendredi dernier, c'est que la plainte des voisins est due à un agacement passager plus qu'à une infraction grave. Depuis deux jours, ils questionnent la vie de cette femme sans que rien ne le justifie vraiment. Il se demande s'il n'est pas en train de dépasser les bornes lui aussi. Après tout, il n'y a ni délit ni crime. Elle n'est pas portée disparue. Même pas par son téléphone. Ils se sont emballés, désireux tous les deux de sortir de leur bourbier hivernal, contents de se retrouver. Mais aucun n'a d'ordre de mission. Juste des suppositions, une intuition. S'il s'avère que tout ça n'est rien, la Miss aura sacrément le droit d'être en colère et même de porter plainte. La curiosité de la gardienne a servi leur intérêt ; pour autant ils ne serviront pas la sienne. Il referme la porte d'un geste autoritaire. Autant pour faire taire ses propres peurs que pour éviter une intrusion déplacée.

Il trouve La Carpe campé au plein milieu du séjour en train de se rouler une clope. Ça peut prendre un bon moment. S'il y a quelque chose à trouver, Pierre mettra le doigt dessus. Il entreprend de visiter l'appartement quand la sonnette retentit. Agacé à l'idée que cela puisse être la gardienne, il ouvre la porte brusquement, décidé à la renvoyer dans sa cour. Il s'en faut de peu. L'homme qui se tient devant lui ne doit pas dépasser le mètre cinquante. Il est vêtu d'un jogging bleu azur, d'une paire de baskets jaune poussin et paraît essoufflé. Il tente d'expliquer à Bastien dans un français approximatif qu'il vient de croiser la gardienne, qu'il est le voisin de la jeune femme, là, qui a fait du bruit l'autre matin. Qu'il a eu peur mais que tout ça n'en vaut pas la peine. C'est le trou surtout. Il est étudiant à Paris, il faut l'excuser pour la langue. S'il veut venir voir…

Bastien le suit jusque dans son appartement. Quand il en revient, Pierre est assis devant l'écran d'un ordinateur, l'imprimante à côté de lui recrachant des kilomètres de papier. Une cigarette trône au milieu de la table de travail, un plateau en verre épais, transparent, posé sur deux tréteaux de bois blanc. Il laisse Pierre suivre sa piste informatique et prend aussitôt la direction de la chambre de Clara. Le Chinois l'a mis en haleine avec son histoire de trou. Ce qu'il découvre le laisse perplexe. La Miss a calligraphié son œuvre au feutre noir. Trois lettres encadrant le trou et un point d'interrogation au-dessus :

-       Stop or not Stop, that is the question ?

C'est propre, sans hésitation. Presque trop. Une décoration incongrue au centre d'un décor qui n'y prédispose pas. À terre, une perceuse toute neuve et une mèche à peine usée encore recouverte de poussière blanche. Il sourit, une onde de tendresse fraternelle en direction de Clara. Et pour ce qu'il vient de comprendre d'elle. Si son geste a bien à voir avec son voisin, la vengeance est pour le moins naïve. Dix minutes avec lui ont suffi à Bastien pour vouloir devenir sourd. Sa voix à l'accent nasillard pousse les aigus, écorche les mots, tape vite sur le système. Il a cru saisir l'ensemble du contexte. Ses répétitions vocales du matin. L'interruption brutale. Une musique poussée à plein volume. Une porte qui claque. Le Chinois a tenté d'expliquer qu'il ne voulait pas embêter la petite dame. Mais c'était sa petite amie. Tous les matins il lui téléphonait et lui chantait cette chanson. Par amour. Sinon elle était jalouse. Serment d'amour et donc querelle de voisinage. Bastien en a connu d'autres. Celle-là le laisse indécis. Dans la même journée, cette fille s'est rebellée trois fois. Avec son voisin, son DRH et sa chef. Crescendo et a priori sans état d'âme. Ça ne colle pas avec le profil de petite fille modèle que chacun décrit ni avec l'ordre de son appartement.

Il décide une fois encore de vérifier sa théorie de l'espace.

De la même façon qu'il croit aux adages « Dis-moi ce que tu manges, je te dirai comment tu te portes » ou « Dis-moi comment tu conduis, je te dirai où tu vas », il croit au « Dis-moi où tu habites, je te dirai qui tu es » Autre que la méthode conventionnelle utilisée pour toute perquisition légale qui consiste à vider les placards, soulever les planchers, éventrer les matelas, il a la sienne. Surtout dans un endroit comme celui-ci où il n'est pas censé être.

Des habitats, il en a pénétré. Sordides, cosy, tapageurs, neutres, surchargés, étouffants. Riches ou pauvres, d'instinct, il en ressent l'intériorité. Ce qu'on ne peut cacher et qui transpire malgré soi. Une cuisine désigne l'épicurien qui s'en nourrit. Un salon-salle à manger reflète nos aptitudes sociales. Une salle de bains révèle le soin pris à sa personne. Et même un cabinet de toilette, fantaisiste, hygiénique, ou conventionnellement assied nos croyances.

Bastien sait que la pièce principale d'une maison est la chambre. Si l'on veut connaître vraiment quelqu'un, c'est à sa chambre qu'il faut être présenté. Tout est toujours là, concentré dans quelques mètres carrés. De la couleur du papier peint aux choix des rideaux en passant par l'état de la literie. C'est comme visiter une âme. En suivre les méandres. On y creuse les galeries de l'intime, les replis essentiels. Nid charnel où l'on s'endort dans la peau de l'autre ou berceau de l'extrême solitude. Où se conçoivent les rêves et s'ébruitent les cauchemars. Ours en peluche qui n'ont jamais quitté l'enfance. Photos qui sacralisent les instants T, les jours J, les bonheurs ou les souvenirs. Une chambre comme un des tiroirs de la mémoire la plus sauvage.

Celle de Clara Baron est d'une simplicité déconcertante. Trop peut-être. Un lit, une commode, une penderie. Joliment achalandée certes, mais sans surprise. Pas de sous-trappes, de recoins, d'envers de décors. Et des murs désespérément vides. Il s'assied sur le bord du lit et écoute. Rien d'autre que le silence brisé d'un sourd grésillement ; La Carpe dans la pièce à côté continue de débiter un tronçon d'arbre en ramettes de papier marbré à l'encre noire. Du son, mais toujours pas d'image. Un murmure, mais pas un reflet. L'évidence saute aux yeux. Tout est si lisse, si transparent. Pas un cadre, pas une photo, pas un miroir, si ce n'est dans la salle de bains. Il sait ce qu'il cherche.

Deux jours qu'ils courent après un fantôme plus qu'une chimère ; une photo, c'est pourtant le b.a.-ba de toute enquête. En retournant dans le séjour, il file droit vers la bibliothèque. Définitivement blanche elle aussi. Sur cinq étagères, des livres auxquels il ne prête pas la moindre attention ; sur la dernière, tout en bas, sept boîtes d'archives, grises. Quatre alignées à la verticale, trois superposées à l'horizontale. Ça va être coton !

Sa jambe « Pile », comme il l'appelle depuis qu'un nerf obtus, cible d'une balle particulièrement vicieuse, l'a figée dans une raideur incontournable, l'oblige à un déhanché malaisé. On dirait un derviche tourneur en mode séquentiel dans la décomposition d'un mouvement visionné au ralenti. Du grand spectacle si tant est que La Carpe lui accorde la plus petite attention ! Mais Pierre fixe l'écran, imperturbable, concentré, hypnotisé. La Virgule sait qu'à ce degré-là, l'absorption est totale. Rien n'est à espérer. Rotation après rotation, aussi discipliné que têtu, il exhume les quatre premières boîtes. Essentiellement des documents administratifs.

Archives ordinaires. Bilan exemplaire.

Du premier bulletin de notes à la dernière fiche de paye. Au cinquième tour de piste, agacé - l'excellence en overdose, la frustration exacerbée - il pousse un long soupir.

L'impatience de Bastien est souvent en rapport avec le temps passé au même endroit. Plus il approche du but, plus il faut que ça aille vite, moins il sait être aux aguets, et plus il pense que le temps perdu n'a servi à rien Il oublie les étapes nécessaires et se dit c'était là, c'était ça, j'aurais dû le savoir.

Ainsi, entre la concierge, le voisin, ses déambulations qu'il juge à présent foireuses pour pénétrer la cellule souche Clara Baron et sa danse grotesque au pied de la bibliothèque, ça fait plus d'une heure qu'avec Pierre, il lui semble tâtonner. Alors qu'il sait, à l'instant précis où il soulève la cinquième boîte, que sa vieille douleur prendra fin. Que ce qu'il cherche se trouve là, qu'il l'a toujours su et que c'est même pour ça qu'il est venu. Deux jours qu'on lui rebat les oreilles de la Miss. Deux jours qu'il se bouffe un portrait psychologique que pas un clampin n'a décrit. La mémoire collective n'a semblé retenir que le fond, pas la forme. S'ils ont dit qu'elle est belle, personne n'a dit comment. Et lui, ça l'emmerde de ne pas savoir. Il a besoin de tangible.

Bingo mon pote… tu la tiens !

Son regard a survolé l'intérieur de la cinquième boîte. Une liasse de photos glissées en vrac dont la première qu'il exhume lui tire un sifflement admiratif. Il pense aussitôt à Sophie Marceau, son idole. La même grâce, la même lumière, mais, à regarder de plus près, en comprimé, en effacé. Comme un potentiel... Avorté ? Détourné ? Une tristesse dans le regard qui aurait tout absorbé.

Dommage !

Pierre se retourne à ce moment-là. La dichotomie est foudroyante.

Tandis que La Virgule jubile, il semble que Pierre, lui, se soit rétréci. Sa pupille noire s'est dilatée jusqu'à exploser son fond d'œil d'une brillance cadavérique. Dans sa main, un paquet de feuilles qui semble en dire long. Le jour et la nuit, le feu et la glace, le paradis et l'enfer, la vie ou la mort... L'atmosphère regorge de contraires, se heurte au même silence, celui que Les Concertistes ne se décident pas à rompre, sidérés l'un comme l'autre de ce que chacun a trouvé et qu'ils tentent maintenant d'évaluer. Ils échangent leur butin dans un réflexe tacite, fruit d'une longue complicité. À la fin de la première lecture, Bastien brise le silence. Et relit à voix haute ce que son esprit refuse de déchiffrer.

Au menu ce jour : Soupe de mollards et sa crème de glaires - Terrine de merde en diarrhée fumeuse - Fricassée de rots Sorbet de dégueulis - Le tout accompagné d'un vin d'urine vieilli en fût de chiottes.

Un instant, La Virgule craint le pire : s'être trompé. Qu'un tel ramassis de vulgarités sorte tout droit de l'ordinateur de la Miss paraît irréel. Il commençait à l'apprécier, sans savoir pourquoi. Elle était devenue la Miss, une espèce d'héroïne restée sans visage et sans mot, mais qui d'un coup s'incarne de façon plutôt insensée. Pierre reste à le regarder, silencieux. Absorbé par lui-même. Il fait signe à Bastien de continuer d'un geste de la main qui peut tout aussi bien dire « Va-t'en ».

Bastien remise la feuille sous le dessous du paquet et attaque la suivante.

« Cet espace est le vôtre. Vous appartient. Identifiez-vous. Osez votre voix. Cherchez la métamorphose. Libérez-vous ! Et dites-moi. Si vous étiez une fleur, un parfum, une œuvre d'art, un aliment, une personnalité, un animal, un mot, une définition, un sentiment, une idée, une musique… »

Il s'arrête de lire à voix haute, digérant le reste pour lui-même. Il fait une diagonale sur les feuilles suivantes. Garde le silence. Ronge son frein. Un tissu de conneries auxquelles il ne comprend rien. À voir La Carpe entamer une énième cigarette, il explose.

- Bon, tu m'affranchis, oui ou merde ? C'est quoi l'embrouille ?

Pierre le regarde avec indulgence. Soupire. Son regard s'est éclairci. Comme si entendre Bastien lire et partager cette jacasserie de barges l'a soulagé. Il a encore, affiché à l'écran, la dernière correspondance d'un certain Crevard :

« Vous pouvez toujours serrer l'étau Vous n'aurez pas le dernier mot. Je viens peut-être du caniveau. Je n'en suis pas moins beau. Si ça se trouve j'ai un cerveau. Qui connaît des trucs rigolos. Faut pas me prendre pour un râteau. J'ai autant d'humour qu'un frigo.»

- Certainement l'histoire d'une fille un peu paumée qui s'est fait prendre dans le dédale d'un Domino, entourée de gens tout aussi paumés qui se lâchent dans les limbes du virtuel… Pas joli et peut-être même dangereux… Si t'as fini, on file. Je t'explique en route.

Chapitre 28

Flux tendu. Circulation opaque. Les Grands Boulevards vomissent un flot de Parisiens excédés. Tous pressés, tous prioritaires.

Véhicules et piétons se frôlent d'impatience, cherchent l'intervalle. Certaines fois, le bouchon à saturation, prêt à bondir, saute et c'est l'accident. La paralysie s'accentue alors, reste plus qu'à prendre son mal en patience. En ce jeudi aux allures de printemps, on sent l'éruption imminente. Toute la semaine le soleil a nargué le Parisien cloîtré. L'approche du week-end fait battre ses tempes de pensées hardies, réveille ses ardeurs jusque-là prisonnières de l'hiver. L'afflux de sève rend l'immobilité intolérable. Ça bouillonne en circuit fermé, l'appel du large se fait cruellement sentir. Bastien l'a remarqué et la courbe des statistiques le ratifie tous les ans pitoyablement : à chaque saison intermédiaire, c'est le même constat. Une recrudescence d'accrochages, d'altercations, de délits mineurs ; même le plus timide des bipèdes veut sa place au soleil. L'hibernation a des limites que le premier souffle d'air chaud fait exploser. Aussi quelle que soit la nature de sa rébellion, elle se rappelle à l'homme comme le gène universel de son évolution.

Que les flics vouent leur vie à la dévoyer ne les met pas pour autant à l'abri d'y céder.

Bastien est tenté. La sirène, le gyrophare, le forcing. Outre un mois de mars aux prémices estivales, la vie compte quelques urgences et écouter Pierre secouer les pions du Domino paraît en devenir une. Que La Carpe soit en monologue ininterrompu depuis qu'il a démarré est déjà en soi un signe. Ça sent le final. Pierre ne parle jamais tant que lorsqu'il a pu déplacer un pion. La Virgule s'en trouve à chaque fois soulagé et reconnaissant. Oui, son ami peut aligner plus de trente mots sans s'arrêter, construire des phrases longues, faire mentir son surnom de taiseux renfrogné limite misanthrope. Oui, il a à cœur d'honorer ses engagements, aussi ténue soit cette chimère de Clara Baron. Et oui, c'est toujours à Bastien qu'il en fait les honneurs en premier. Larguer son équipe sans un mot comme il l'a fait un an auparavant lui a valu une rancœur de la Grande maison qui n'est toujours pas passée.

Le silence favorise l'imagination et les supputations. Les flics pataugent là-dedans à longueur de temps ; extirper les aveux, chercher la vérité. Que Pierre préférât la traque solitaire et silencieuse les avait longtemps rendus suspicieux. Voire jaloux.

Et qu'après ça il les évince sans une explication, n'avait fait que renforcer sa réputation de type pas net. Les secrets sont affaires de voyous et les flics n'aimaient ni l'un ni l'autre.

Alors, entendre La Carpe déblatérer depuis un bon quart d'heure jusqu'à se mettre en colère rassure Bastien.

- … en gros, un pervers manipulateur. Doté d'un ego tridimensionnel. Un loser qui se prend pour Dieu, un psy à deux balles, gourou des temps modernes. Ça pue l'arnaque et le vice…

Bastien acquiesce d'un sourire figé.

- Tu veux que je mette La Traque sur le coup ?

La Traque est le génie informaticien du QG des flics. Sans jamais bouger de sa chaise, logé dans un sous-sol du 36, entouré exclusivement d'une armada de traqueurs tout aussi immobiles, il piste ses proies où qu'elles soient dans le monde et ce, quels que soient les milliards de cryptogrammes à déchiffrer. Pierre hésite.

- Pour filer jusqu'à son adresse, oui, mais il ne trouvera rien de plus que ce que j'ai lu. On accède à son blog sur un simple clic, c'est une vitrine. Il ne se cache même pas. Sous couvert de poésie brumeuse, policée, humaniste ou je ne sais quoi, il harponne une tribu de zouaves. Je pense que c'est après, que ça se corse...

- Tu veux dire... Pour la Miss on en est là ?

- Possible... Elle s'est connectée pour la première fois il y a un an. Elle s'est faite discrète pendant un temps, réagissant aux messages des uns et des autres d'un simple commentaire, histoire de se rassurer je pense, de prendre la température et ensuite elle s'est focalisée exclusivement sur Domino...

- Domino ?

- C'est comme ça qu'il se fait appeler, oui. Ils ont tous des pseudos de dingues. La Miss comme tu l'appelles joliment c'est Amibe...

- Amibe ? Tu rigoles, c'est quoi le rapport ?

- Le rapport... c'est l'image qu'on a de soi ou de l'histoire qui nous déroule. A priori, Domino serait un steward, rescapé d'un cancer il y a cinq ans. Il clame que ça a changé sa vie et il a voulu en faire profiter la planète entière. T'as des connexions d'un peu partout dans le monde. Il propose des solutions du style… courants à la mode : respiration, littérature zen, développement personnel… Du coaching sans violence et au cas par cas. Il appâte...

Bastien, l'interrompant :
-    Et la recette, c'est de lui ou d'elle ?
-    Un certain BricAdaBrac qui vitupère sérieux sur sa famille. Et ce n'est pas le plus barge des textes que j'ai pu lire. Y a un certain Pastis3 qui poste des dessins plutôt morbides…
-    Et Amibe ?
-    J'ai trouvé une liste plutôt lugubre… du genre : posséder une montre à arrêter le temps, un coupe misère, une mémoire vive, trouver l'amour ailleurs que dans une botte de foin, un tas de fumier ou une avalanche d'emmerdes...
-    Mais t'as vu les photos ? Cette fille ferait mettre à genoux n'importe qui…

Évidemment Pierre les a vues. Et s'il n'en a pas encore parlé, c'est pour masquer son embarras. Il a compris. Bien avant les photos. En pénétrant les secrets de son ordinateur. Elle a dû perdre le cœur de sa beauté dans un regret amer ou une tristesse jamais consolée. Tirer un voile sur une lumière qui a dû la trahir bien avant d'avoir l'âge d'en assumer les conséquences. Les femmes comme Clara l'effraient. Elles sont des proies faciles. Leur quête perpétuelle est une provocation autant qu'une invitation à s'adouber tous les prédateurs de la planète, qu'ils soient mâles ou femelles. Leur vulnérabilité réveille chez lui des ardeurs qu'il sait mal contrôler. Depuis l'affaire Diane Kruber, il a appris à se méfier ; on ne sauve personne d'un désespoir avant qu'il ne tende lui-même la main et ne demande de l'aide. Et la Miss jusqu'à présent n'a rien demandé à personne, si ce n'est à ce fourbe de Domino. Ce qui est loin de le rassurer.

-       A priori, elle a oublié... mais ce n'est pas ça qui m'inquiète. Ce mec, Domino, il ne se cache même pas, son blog est clean, transparent, accessible, mais c'est loin d'être le cas de tous les tordus qu'il récupère et loin d'être aussi altruiste que ce qu'il laisse apparaître. Il la surnomme Petite Sœur et...

La Virgule a compris.

-       Tu penses qu'elle a surfé d'un peu trop près sur l'illusion d'un arc-en-ciel ?

Pierre murmure comme pour lui-même.

-       Ouais, et nous aussi...

Chapitre 29

Des morceaux de soleil filtrent à nouveau la chambre d'une lueur orangée.

Un plateau de petit déjeuner traîne sur le sol.

Deux bols de porcelaine blanche, où sont inscrits les prénoms Marie et André, conservent en leur fond un reste de café.

Une rose rouge, posée sur le tabouret blanc qui sert de table de nuit, côtoie un tube de Kétamine. La tige, insérée dans la serrure d'une paire de menottes, a été coupée en biseau.

Clara, allongée sur le dos, la tête surélevée par un oreiller, le regard tourné vers la porte, mime le plaisir en grimaçant.

Deux mollets imberbes, musclés, en position debout entourent sa tête de chaque côté.

Un jet d'urine lui coule du front jusque dans la bouche.

Chapitre 30

Les Concertistes se sentent coincés. Ils se sont quittés la veille dans un silence coupable, avec pour seul mot d'ordre « on attend demain ». Cette histoire les dépasse, il leur faut rectifier le tir. Ce qui a débuté comme un jeu, une diversion d'un instant, prend d'un coup une ampleur qu'ils n'ont pas imaginée. Ils ont dans les mains à la fois trop et pas assez d'indices. Trop pour s'arrêter là et pas assez pour diligenter une enquête maison. Qu'est-ce qu'ils pourraient bien dire ? « On vous a pris pour des branques, on l'a joué solo et maintenant on a besoin de vous ». S'ils doivent continuer seuls, il leur faut tout de même y réfléchir à deux fois. La nuit était censée leur porter conseil. Mais pour les deux compères ce bon vieil adage s'était soldé par une insomnie carabinée.

Bastien a posé une journée de congé, invoqué un problème personnel. Ce qui n'est en somme pas très loin de la vérité. Il aurait dû lâcher Pierre, le laisser continuer. Il n'a pu s'y résoudre. Il a lu l'intégralité de ce que La Carpe a imprimé. A même mis sa Julie dans la confidence. Elle a été radicale. « Ce n'est pas un simple pétage de plomb. Il y a beaucoup de souffrances derrière ça. Cette fille est en perdition. C'est évident. » Un texte de Clara lui avait paru particulièrement préoccupant.

« Il fait trop beau. Le soleil n'a aucune pudeur. Il est cru, tapageur, je suis obligée de voir. Cette fois-ci, les ombres sont en moi. Continuer de faire semblant serait un leurre, je l'ai usé. Usé comme peut l'être un vieux vinyle trop de fois passé en boucle. Toute ma vie j'ai fait semblant. D'abord, j'ai fait semblant de grandir. Et puis, j'ai fait semblant d'apprendre. J'ai fait semblant de travailler, semblant de ne rien ressentir à travailler. J'ai fait semblant de trouver bonnes des choses que je détestais. Hier encore, je me suis levée et j'ai fait semblant. Comme hier et avant-hier et avant-avant-hier. J'avais juste à me répéter. Je me décalquais. J'allais mine de rien. J'agissais comme si. J'étais une apparence, un doublon. J'ai fait semblant de croire que c'était peut-être le dernier jour que je faisais semblant. Qu'il n'y avait plus que cette nuit encore à passer et que demain, au réveil, c'est sûr, je n'aurais plus à faire semblant. Souvent j'ai fait semblant de sourire, parfois même j'ai fait semblant de souffrir. Pour qu'on m'aime un peu plus. J'ai fait semblant de tout et j'ai bien réussi. Et tout ça pour quoi ? Pour cacher quoi ? Si j'étais quelqu'un d'autre, qui suis-je ? »

-     Tu vois, avait conclu Julie. Tout est là. Dans ces mots. « J'étais une apparence, un doublon. » Cette fille ne sait pas qu'elle existe. Elle est dans un déni d'elle-même. Une perte de repères.

Et, qui que soit ce Domino, crois-moi, il l'a compris.

Bastien s'était endormi longtemps après. Mal à l'aise. Inquiet. Avec l'impression de s'être fait piégé.

Attablés chez la Mère Bravo devant leur troisième café, Les Concertistes font le bilan.

Un décor arc-en-ciel, un fauteuil roulant, un uniforme d'hôtesse de l'air taille 38, un téléphone portable, un garçon de café affolé.

Résultat : une fille paumée et un blog d'allumés. Et surtout personne pour se plaindre. Le plan d'eau a été dragué, révélant la carcasse d'un vieux vélo, d'une gazinière sans ses brûleurs, de plusieurs dizaines de canettes de bière et d'un fatras d'objets mineurs. Le tout solidement envasé, emmailloté d'algues, grouillant d'alevins sans avenir. Bastien jurait. « Rien, rien, rien. On n'a rien. » Et pourtant. Il avait quand même sollicité La Traque qui venait tout juste de lui confirmer par sms une adresse à Montrouge au nom d'un certain André Cabale. Les choix étaient binaires. Y aller ou pas ? À deux ou juste Bastien ? Avec ou sans arme ? Et pour quel motif ? Aucun des deux n'était mandaté. En accord avec Pierre, Bastien répondit au SMS de La Traque, lui demandant de balancer le dénommé Cabale dans le fichier du STIC, à tout hasard. Il afficha un smiley en signe de point. Comme si le Système de Traitement des Infractions Constatées ou le hasard avait quelque chose à voir avec tout ça. Par expérience, Les Concertistes n'y croyaient pas. La Carpe, surtout, qui croyait à la bonne vieille théorie de la pelote de laine : suffisait de tirer le bon fil et de dévider lentement. Sauf qu'en tirant sur le fil de la Miss, ils avaient tout bonnement perdu sa trace et se retrouvaient maintenant à l'autre bout de la pelote avec un certain Domino.

Entre les deux extrémités, un imbroglio de graffitis qu'ils parvenaient à peine à déchiffrer sans s'étouffer à chaque virgule. La prose de tous ces tordus du blog avait de quoi lever haut les cœurs sans parler des dessins ou commentaires qui les accompagnaient. Pierre s'était endormi hier soir sur les digressions d'un présumé « Don Juan » qui voulait à tout prix voir gravée sur sa pierre tombale l'épitaphe inscrite telle quelle « Ci-gît un homme qui avait des couilles. Merci aux femmes que j'ai baisées ». Si ce n'était la quantité de tels délires lus et approuvés en masse, Pierre aurait pu en rire, mais c'était de loin ce qu'il avait lu de moins vulgaire et les perles de ce genre attiraient nombre de commentaires, pour certains aussi morbides que pervers. Que tout cela se fasse caché derrière un écran n'enlevait rien au possible d'un quelconque passage à l'acte. Pierre était bien placé pour le savoir. La hantise première de l'homme était la mort, autant dire la souffrance et la douleur. Qu'elle soit fantasmée pendant des années, un jour elle devenait réelle. Et il valait toujours mieux que quelqu'un d'autre s'en charge. Comme le disait la ritournelle infantile : « Passe à ton voisin... zinzin ». Ce qui faisait, depuis des années qu'il exerçait son métier de flic puis de détective privé, l'essentiel de son boulot : les dommages collatéraux.

Toutes ces victimes hors statistiques débordant des hôpitaux, des associations d'aide aux victimes, femmes ou enfants, violées, battues, humiliées, abandonnées à moitié mortes, physiquement ou psychiquement. On recensait cinq cent quarante et un meurtres par jour dans le monde, dont en moyenne deux en France. Dérisoires, si l'on comparait ça au nombre de décès sur les routes (1,3 million par jour dans le monde). Pour autant, des mecs comme Domino et sa soi-disant bande de fidèles avaient un potentiel énorme qui pouvait faire des ravages autrement plus regrettables. Ils amputaient leurs victimes d'un potentiel de vie à jamais perdu. Il lui semblait que la survie était parfois pire que la mort. Les ravages de la violence pouvaient gâcher des vies entières sans aucun espoir de guérison. Ce n'était pas vrai pour tout le monde que « Ce qui ne nous tue pas nous rend plus fort. » On pouvait toujours recoller les morceaux d'une vie éclatée en mille morceaux ; mais il en restait, comme pour les objets, des zones de vides qui ne seraient jamais comblées. Faites de raccords imparfaits, un assemblage qui resterait perpétuellement fragile, soumis aux conditions extérieures. Un geste trop brusque et c'en était fini du beau rafistolage. La vie était de la porcelaine. Les Concertistes le savaient qui en avaient ramassé des morceaux à longueur de journée. Toutes les miettes de ce beau matériau qui restaient sur le sol après un choc étaient perdues à jamais.

Pour La Carpe, la résilience était une connerie de psy à même pas deux centimes d'euros. Les gens cassés restaient cassés. Apprendre à survivre n'était plus jamais vivre. Que ce Domino/Cabale rallie à lui autant d'esprits malsains commençait à le rendre nerveux. S'il était fiché, il n'allait pas tarder à le savoir. Ça les aiderait sûrement à agir plus vite et plus efficacement. Mais Pierre en doutait. Un pervers est un dissimulateur hors pair. Sa vie n'est qu'astuces et ruses.

Il connaît les ficelles, puisque c'est lui qui les tire. D'ici à ce qu'ils se retrouvent avec une pelote de laine truffée de nœuds et coupée de bout en bout, il n'y a pas loin.

Bastien, lui, a parié un ticket de loto que le mec est Sticé. Il lui faut une excuse pour déjouer son impatience. Sa jambe « Pile » le démange. Ça fait déjà une demi-heure de trop qu'ils sont là à délibérer dans le vide. Les longs silences de La Carpe, crispé sur son paquet de tabac, l'énervent. Il se lève promptement. Son mouvement brusque le rappelle à l'ordre. Parfois il oubliait, mais sa jambe jamais. Il bougonne en quittant la table. La Carpe sourit, compatissant.

Que La Virgule soit un fougueux lui donne souvent le bon rôle. Il joue la patience, la sagesse. Mais lui sait bien que c'est du bluff. Il n'a pas dormi de la nuit, hypnotisé par les photos d'un côté, scotché par ce qu'il a lu de l'autre.

Il existe un pont entre ces deux mondes qu'il ne va pas tarder à franchir et qui le met franchement mal à l'aise. Il se lève à son tour, rejoint Bastien et dit : Bon, on y va.

Bastien vient juste de récupérer son ticket de loto. Il se tourne vers Pierre et le suit. En fait, ils n'ont pas vraiment le choix.

Quand Les Concertistes arrivent à Montrouge leurs regards reflètent la même interrogation muette. Un policier se tient en faction devant ce qu'il reste d'un pavillon aux trois quarts ravagé par les flammes. Ils passent au ralenti pour s'arrêter un peu plus loin, warning allumés. Bastien regarde Pierre, hésitant.

- Vaut mieux que j'y aille.

Pierre ne répond pas, attend que Bastien soit sorti et tire de sa poche intérieure son paquet de tabac. Cinq minutes plus tard, Bastien revient et s'engouffre dans la voiture en jurant.

- Merde, merde et merde... Ça commence à sentir mauvais ce bordel.

Il démarre en trombe, tourne une rue plus loin et de nouveau s'arrête.

Pierre lui tend sa cigarette.

- Tiens, pour une fois, fume-la, ça te calmera et raconte.

Bastien hausse les épaules, l'air furax.

- Un incendie et pas qu'un peu, dans la nuit de samedi à dimanche dernier. Une sacrée explosion au sous-sol et un macchabée au premier étage... et m'en demande pas plus, c'est Bricard qui dirige les opérations.

Pierre sourit. Il vient de comprendre. C'est plus le nom de Bricard que l'incendie qui met Bastien dans cet état. Sa Julie, la femme de Bastien, n'est autre que la nièce du commissaire Bricard, lequel commissaire était un fieffé con qui n'a jamais supporté que sa filleule épouse un boiteux, mais qui doit à Pierre un petit service.

Pierre balaye le problème d'un clin d'œil.

-    T'inquiète, je m'en occupe.

Bastien regarde La Carpe faire des allers-retours sur le trottoir, son portable collé à l'oreille. Il fulmine. Dans quel guêpier est-il encore allé se fourrer ? Demain il doit reprendre le boulot. Il ne peut pas trop tirer sur la corde. Sent venir les emmerdes. Et tout ça pour quoi ? Une minette en plein déraillement, un blogueur attaqué du bulbe ? Ou parce que lui, Bastien Pardieu, est tout simplement un imbécile. C'est l'arc-en-ciel qui l'a foutu dedans. Ça l'a rendu nostalgique.

Et imprudent.

Pierre revient vers la voiture quand Bastien reçoit un SMS de La Traque : « Grosse Anguille… tu passes ? »

Et voilà, ça continue. Une hiérarchie subjective classait les clients fichés en plusieurs catégories et même sous-catégories, lesquelles avaient toujours un surnom de poisson. Pour chaque espèce, l'adjectif gros ou petit mettait l'accent sur la dangerosité du client. De manière évidente, les flics se rencardaient toujours pour savoir à quel poisson ils avaient affaire quand ils lançaient leur filet. Ainsi dans le jargon interne, « grosse anguille » valait toujours mieux que « gros requin ». Quand le requin avait déjà à coup sûr frayé avec la pègre, l'anguille en était encore à balbutier dans les eaux troubles de la délinquance.

Ça donnait d'emblée l'indication d'un homme plutôt jeune, avec des précédents mais qui avait su traverser les mailles du filet. Un crabe aurait sans aucun doute fait de la prison, un oursin assurément mouillé dans les marécages de la finance et une

153

sirène chanté ses louanges dans la prostitution de luxe.

Les classifications étaient nombreuses, souvent doubles, toujours symboliques mais pour les détails, c'est dans le dossier qu'il les trouverait.

Dès que Pierre claque la portière, Bastien démarre brutalement. Sans dire un mot. Il conduit vite et nerveusement. Un silence de plomb règne dans la voiture. Pierre le brise à un feu rouge. D'un geste et d'un mot.

- Pause.

Il s'est tourné vers Bastien une main levée à la verticale et l'autre posée dessus à l'horizontale. Bastien capitule d'un sourire complice et l'informe du sms de La Traque.

Pierre comprend qu'ils se rendent au 36 et entreprend de rouler une cigarette en parlant.

- Selon Bricard et d'après les premiers relevés, c'est une explosion au sous-sol qui a littéralement soufflé la maison. Un général à la retraite est resté cramé, collé à son lit... Pas sûr qu'il ait compris ce qu'il lui arrivait.

- André Cabale ?

- Lui-même ! Un grabataire irascible qui vivait là depuis des années, veuf. Sa fille s'occupait de lui, une drôlesse selon les voisins... 50 ans, jamais mariée, sans emploi... dont on ne sait rien de plus, sinon que depuis un mois elle a disparu de la circulation et qu'un homme en fauteuil roulant habitait la maison.

Bastien résume ce qu'il vient d'entendre les mains de nouveau crispées sur le volant.

- Eh merde !... N'en jetez plus.

Ils sont à l'approche du 36 quand La Virgule reprend la parole.

- J'y vais seul... C'est mieux.

La Carpe hausse les épaules, attend que Bastien se gare à deux pas du bâtiment avant de lui tendre sa roulée. Bastien se raidit et au comble de l'exaspération s'en prend à Pierre.

- Tu rigoles, c'est pour qui ? La Traque ? Tu veux que tout le monde sache que t'es là à poireauter ? Suis même pas censé être là...

Pierre hausse les épaules une seconde fois, pose la cigarette sur les genoux de Bastien et soupire.

- File, il comprendra.

Bastien jure en claquant la portière, écrase la cigarette dans sa main et la fourre dans sa poche. Il ne va pas risquer sa carrière pour une connerie de ce genre. C'est déjà bien assez qu'il sollicite La Traque pour une affaire qu'il n'est même pas censé suivre. Mais si quelqu'un là-dedans apprend en plus que La Carpe est dans les parages, ça n'arrangera pas ses affaires. Quand il revient, une demi-heure plus tard, Bastien trouve Pierre assoupi, les deux jambes sur le tableau de bord, une photo de la Miss encore dans les mains. La descente au QG de La Traque l'a tout à fait calmé. Il reste un instant à contempler son ami à travers la vitre conducteur avant d'ouvrir la portière et de se glisser sur son siège. La Carpe ouvre les yeux instantanément, ramène ses jambes sur le plancher de la voiture, lisse son visage d'un geste presque enfantin et tourne vers lui ses yeux scrutateurs. Bastien reste sans voix. La Carpe croit que l'affaire est d'importance, et elle l'est, et que son collègue en prenant son temps, joue à leur fameux cache-cache. Mais pour Bastien, c'est tout autre. Des années après, il est encore surpris et parfois intimidé par la fixité du regard de Pierre. Comme si c'était lui le coupable et qu'il fallait passer aux aveux. Et l'espace d'un instant, il peut rester pétrifié. Il fait mine d'allumer le contact pour déverrouiller l'ouverture automatique de la vitre, laisse juste un filet d'air pénétrer l'intérieur de l'habitacle et ce faisant, détournant son regard de celui de Pierre, reprend de son assurance. Même s'ils n'ont que cinq années d'écart, que Pierre n'est plus son supérieur d'un grade au-dessus, il reste des stigmates de subordination qu'il ne peut nier. En voyant la photo de la Miss que Pierre a redéposée sur le tableau de bord, Bastien s'en saisit, la contemple et dit :

- Toi ma jolie, j'sais pas dans quoi tu t'es fourrée...

Puis se tournant vers Pierre, il murmure :

- Rien sur le vieux, pas même un PV, mais sur sa fille... bug !

- Quoi... la disparue ?

- Ouais la disparue... un putain de poisson-chat... mais, et c'est là que ça coince sérieux, le blog, ça fait quelque temps qu'il clignote rouge, il est sous surveillance. Certains de ceux qui le consultent ont des casseroles aux fesses... pornographie et tout le tintouin...

Pierre garde le silence.

En clair ils n'ont rien, mais le terrain est miné. Un poisson-chat était un nuisible qu'on a dû remettre à l'eau. Un mineur dont on a clos le dossier. Faute de récidive ou d'un nouveau bug dans le parcours après sa majorité, rien n'autorise qu'on puisse accéder au dossier de ladite fille Cabale.

Mais rien n'interdit non plus de chercher.

Pierre laisse Bastien redémarrer avant de parler.

- Ça devient tordu cette histoire. Si je résume... on a d'un côté la Miss qui pète les plombs et s'amuse à déglinguer son entourage - on lui donne pas tort d'ailleurs, mais si on sait comment, on sait toujours pas pourquoi. De l'autre, un pseudo Domino impliqué dans une toile de dégénérés, tous plus allumés les uns que les autres dont l'adresse IP du blog renvoie à un macchabée cramé à la bombe artisanale lequel a une fille au passé cadenassé, mais qui a disparu. Et cerise sur le gâteau : un handicapé surgit d'on ne sait où qui lui aussi a disparu... La prochaine fois que je te manque, le dimanche, laisse-moi dormir.

Bastien s'esclaffe sans retenue.

- Fais-moi rire, t'es total accro, tu la quittes pas des yeux ta Clara... j't'ai même surpris en train de rêvasser, tout à l'heure, sa photo sur les genoux. Y a combien de temps que t'as pas été amoureux ?

Pierre laisse un long silence passer et, comme si de rien n'était, lance à Bastien.

- T'as pas faim, toi ?

Chapitre 31

Il semble à Clara qu'elle ait perdu toute notion du temps. Depuis combien de temps est-elle là ?

Un jour, une semaine, plus ? Son esprit confus erre dans une hypothétique irréalité. Sa bouche est sèche et sa salive déglutit un goût terreux comme si en permanence elle ruminait de la poussière. L'odeur de son corps l'insupporte et pourtant elle se rappelle que Domino l'a lavée. Bizarrement elle ne ressent pas la faim. A-t-elle mangé ? Quand, quoi ? Elle ne se souvient pas. Domino la fait boire. Beaucoup. Des sirops ou du café. Un breuvage infect qui l'assèche sans jamais la désaltérer. Clara n'y connaît rien en drogue, mais elle se doute que c'est ainsi que Domino la maintient dans une torpeur continuelle. Avec un quelconque psychotrope. La seule et unique fois où elle a ressenti ça, c'est à la mort de son père. Elle s'était fait prescrire du Lexomil. À la première prise, elle avait dormi 24 heures. Mais là c'est différent.

C'est comme si elle était entourée d'un flou constant qui l'empêche de vraiment ressentir, capter ou assimiler tout ce qui lui arrive. Plusieurs fois, en dehors de ses assauts, elle a entendu sa voix lui raconter des histoires. Elle n'en a retenu que des bribes, un essentiel de mots qui, mis bout à bout, ne la satisfont pas. Son souvenir est parsemé de trop d'ellipses. Elle n'a aucune maîtrise d'elle-même. Elle ne sait pas combien de temps cela va durer. Où qu'elle soit, elle est sûre que personne ne la retrouvera, parce que personne ne la cherchera. Pas après tout ce qu'elle a fait. C'est elle-même qui a coupé les ponts. Tous les ponts. Ça elle s'en souvient. Non, si elle veut s'en sortir, il va falloir qu'elle réagisse. Et seule. Elle n'a d'aide à attendre de personne. Et elle a beau retourner le problème dans tous les sens, il ne lui reste que cette option.

Jouer le jeu. Donner à croire.

Redevenir cette petite Clara, gentille et disciplinée, qu'elle était il y a encore quelques jours.

Alors peut-être Domino arrêtera-t-il de lui refiler cette saloperie qui paralyse sa volonté. Quelle ironie ! Après tout ce qu'il lui a dit, après tout ce qu'elle a fait, être de nouveau réduite à faire semblant. Il y avait le mime Marceau, maintenant il y a le mime Clara. Moins burlesque. Plus tragique. Et sûrement sans succès. Pourtant c'est sa seule option. Clara le sait. Revenir à la réalité, c'est pouvoir la contrôler. Même si cette réalité vous brûle les seins et réduit votre corps à l'état de légume.

Domino est apparu tout à l'heure, habillé d'un kimono, en lui promettant un plaisir exquis. Dans sa main, celle avec son horrible tatouage, une bougie qu'il a allumée d'un geste cérémonieux. Il a attendu que fondent les premières gouttes de cire pour lentement les laisser s'égoutter sur le ventre de Clara. Selon lui un raffinement érotique tout droit venu du Japon. Extrêmement prisé. Clara ne sait pas ce qu'elle redoute le plus.

Le supplice de la cire sur sa poitrine ou cette main dont chaque mouvement paraît déformer la toile d'araignée en une spirale vorace et morbide ?

Clara a commencé par détourner la tête en grimaçant. Maintenant elle pousse de petits gémissements. Elle sait qu'elle doit feindre le plaisir. Participer à ces jeux SM qu'il semble tant affectionner. Elle doit cesser de rester passive. D'une façon ou d'une autre lui montrer que la droguer ne sert plus à rien. Qu'elle ne résistera plus. Et même qu'elle participera.

Elle doit l'amener à lui faire confiance, à oublier le contexte de leur présence ici. Il doit voir en elle une partenaire. Au moins jusqu'à ce qu'elle retrouve un peu de force. En même temps, elle sait qu'elle ne doit pas être trop entreprenante, ni trop vite, ni trop brutalement. Il faut qu'il ait l'impression de la posséder, d'être le plus fort et que ses jeux l'ont séduite. Clara pressent qu'il y a une limite à ne pas franchir, des nuances à respecter. Elle ne sait pas comment elle va s'y prendre. Pour l'instant elle feint le plaisir en se tortillant lascivement sur le lit. Elle est nue une fois encore. Alors que lui-même est habillé. Clara en prend conscience soudainement.

Depuis le début, il est le plus souvent vêtu d'une longue tunique comme s'il répugnait à lui montrer son corps. Ce qu'il cache est peut-être sa chance. Une infirmité ou un secret qu'elle doit découvrir et qui peut la servir.

Chapitre 32

Simone a passé la semaine à attendre. De peur de louper l'arrivée de Clara, elle n'est pas sortie une seule fois de chez elle. Sa fille a dit qu'elle viendrait et elle n'est pas venue. Jour après jour Simone a attendu. La plupart du temps dans son lit. Privée de force depuis le coup de fil de samedi. Six jours ont passé et toujours aucune nouvelle. Hier, elle n'a même pas eu le courage de se faire à manger. Bientôt il ne lui restera plus assez de chocolat pour son breuvage salvateur. Ce matin elle n'a tout simplement plus faim. Elle attend. Prostrée. Dans un état second. Elle essaie de se souvenir de leur conversation.

Depuis mercredi, elle hésite à décrocher son téléphone. Parce qu'elle se sent confuse, ne sait pas si c'est dimanche dernier ou ce dimanche que Clara doit venir. Plus les heures passent, plus elle doute. Se demande pour la énième fois si elle a bien compris. Elle ne croit pas avoir perdu la tête. C'est son cœur qui est en train de la lâcher, qui lui joue des tours.

Est-ce toujours ainsi quand on arrive au terme de sa vie ?

Dans sa main, le ruban bleu pendouille, minuscule bout de tissu délavé. Le chagrin va finir d'effacer l'inscription. Elle pleure sans discontinuer. Elle qui n'a jamais pleuré de toute sa vie ou si peu. À l'enterrement évidemment. À la naissance de Clara aussi.

Mais jamais comme ça, jamais autant. Simone est épuisée. Tout ça, c'est beaucoup trop d'émotions et les émotions, ça n'a jamais été son fort.

À soixante-dix ans, on devrait être protégé d'en vivre encore de pareilles. Pourtant, à qui peut-elle le reprocher sinon à elle-même ? Elle le sait bien, elle, que c'est de sa faute. Ah, si Robert était là ! Il saurait, lui. Il a toujours su. Pourquoi n'est-elle morte avant lui ? Il aurait su quoi dire à Clara. Il aurait su l'empêcher de partir. Il lui aurait raconté tout ça comme une histoire, un joli conte et Clara l'aurait écouté, les yeux écarquillés, la bouche ouverte.

Clara n'aurait jamais abandonné son père comme elle a abandonné Simone. Clara et lui, c'était une famille à eux tout seuls. Simone n'en a jamais été jalouse, ça l'avait même bien arrangée. Depuis Clara, elle n'avait plus qu'une moitié de souffle de vie pour batailler au quotidien, alors que Robert prenne la place, toute la place avait été une bénédiction. Mais depuis sa mort, c'est la malédiction qui s'est imposée. Simone a cru trouver une solution en se forçant à téléphoner l'autre samedi. Elle a même ressenti un grand soulagement. Il faut qu'elle retrouve ce courage. Qu'elle sache que Clara va venir.

Aujourd'hui ?

Demain ?

Tout de suite !

Chapitre 33

En quittant les quais de la Seine, après la pirouette de Pierre disant qu'il avait faim, le Duo a roulé en silence. Ils se sont garés devant Chez la Mère Bravo et s'apprêtent à descendre de la voiture quand une mélodie se fait entendre.

Surpris, ils restent un instant la main sur la poignée de la porte à se regarder. Ils reconnaissent cette musique qui distille en sourdine le refrain bien connu Les Moulins de mon cœur. En même

162

temps que leur revient la mémoire des paroles, ils comprennent d'où vient le son.

Bastien le premier réagit et se penche par-dessus Pierre pour ouvrir la boîte à gants.

À peine y accède-t-il, qu'un fatras d'objets tombe sur le plancher, répandant pêlemêle une pochette de CD, un cordon d'alimentation, un bloc-notes, des stylos, un chiffon, un tournevis, une boîte d'allumettes et un téléphone portable.

Lequel émet un dernier bip quand Pierre le ramasse et se tourne vers Bastien.

- C'est à toi ?

La Virgule jure en le reconnaissant.

- Eh merde, j'l'avais complètement oublié... c'est celui de la Miss, dit-il en l'arrachant presque des mains de son ami.

Pierre s'étonne, mais le laisse faire. Bastien est déjà en train de pianoter dessus.

- Deux appels en absence, sans message : « Jérôme ? » à l'instant et « Maman » ce matin à 9 h 26.

Non mais quelle bande de crétins on fait...

Pierre acquiesce d'un geste las. Deux crétins, sans aucun doute. Tellement absorbés depuis la découverte de la photo de Clara et du blog de Domino qu'ils en ont oublié de suivre les pistes élémentaires.

- T'as les numéros ? demande Pierre en ramassant le bloc-notes et un des stylos tombés à ses pieds.

- Je m'occupe de la mère... et regarde dans le répertoire si on n'a pas autre chose.

163

Bastien se rappelle l'avoir déjà examiné dimanche dernier, s'être dit que c'était le téléphone aux contacts les plus minimalistes qu'il ait jamais vu et de fait.

Il l'avait jeté dans le vide-poche en partant de chez Pierre.

- Non, que ces deux-là, et la Dame de Pique, mais celle-là... Vas-y note, la batterie va lâcher, dit-il nerveusement.

Bastien a laissé Pierre dans la voiture et s'est réfugié dans un coin de la salle de restaurant.

Il vient de raccrocher d'avec le dénommé « Jérôme » et affiche un air méchant quand la Mère Bravo s'approche. Mi joueuse, mi boudeuse.

- Alors beau gosse, on rentre chez moi sans même dire bonjour ? Tu fais quoi, tout seul dans ton coin, pendu à ton téléphone depuis vingt minutes ?

Bastien sent fondre sa colère à l'instant même où la patronne accompagne son invective d'un sourire chaleureux.

- Ah Betty, désolé... si tu savais comme ça me fait plaisir de te voir, dit-il en lui prenant la main pour la porter à ses joues.

Betty le laisse faire. Définitivement convaincue que les hommes sont tous les mêmes :

De grands enfants !

- Toi mon coco, t'as besoin d'un remontant.

Elle repart vers son bar et laisse Bastien replonger dans ses pensées. Il ne voit même pas qu'elle revient lui déposer une bière blanche et une coupelle de gâteaux salés. Il a, posée devant lui, la photo de Clara. Il enfourne machinalement les cacahuètes par poignées quand son téléphone sonne.

La Traque.

- Ouais, j't'écoute… Attends, je note.

Bastien griffonne à même la table sur la nappe de papier.

- Et ? Ah ! Rien d'autre ? Un bref silence et la voix de Bastien, réjouie. – Ah que oui ! T'as la marque ? Super, j'te revaudrai ça.

Il raccroche et se dirige vers le bar.

- Eh Betty, tu me prêtes ton fixe ?

Sans attendre de réponse, il attrape le téléphone et compose le numéro inscrit sur le bout de nappe en papier qu'il a déchiré. Une adresse est notée en dessous : « Impasse du Russec à Narbonne », ainsi qu'une série de chiffres et de lettres : « 6 6 6 P K 1 1 ».

Bastien laisse sonner longtemps avant de raccrocher et de retourner s'asseoir. Pierre vient d'arriver. Il ne lui laisse que le temps de retirer sa veste avant de s'impatienter. Cette conversation avec la mère de Clara a duré plus d'une demi-heure. Et Bastien lui-même détient peut-être enfin une information capitale.

- Alors ? s'énerve Bastien.

Pierre ne répond pas, lui fait un signe de tête en direction du bar. Bastien, exaspéré, comprend et se lève. Quinze minutes plus tard, après avoir avalé le plat du jour, un cassoulet maison, Pierre s'appuie contre le dossier de sa chaise et roule deux cigarettes d'affilée. Bastien le laisse faire, résigné et passablement énervé. Il déteste cette façon que Pierre a d'agir, bourru et profondément égoïste.

Quand il est ainsi dans ses retranchements, inaccessible, Bastien se fait l'effet d'être, lui, un chien fou prêt à mordre. Pierre doit le sentir qui relève enfin la tête, fixe Bastien et lâche, un brin narquois.

- Vas-y, commence...

Bastien le regarde, prend son temps et finit par sourire.

- Merci bon prince, trop bon et par quoi veux-tu que je commence ? Par cet empaffé de Jérôme ou ça ? Il agite le bout de nappe en papier sous le nez de son ami d'une façon qui ne lui permette pas de lire ce qui est inscrit.

Pierre hausse les épaules et attaque une troisième cigarette.

- Hey fais gaffe... tu vires obsessionnel, se moque Bastien.

Mais Pierre, imperturbable, ne paraît même pas l'entendre.

- Donc, monsieur Jérôme Pissot - Bastien insiste sur la prononciation du patronyme, en gonfle l'importance pour mieux préparer ce qui va suivre - eh bien, une vraie tête de con, ni plus ni moins et l'amant de Clara depuis neuf mois. Tout à l'heure il l'a appelée sur ordre de sa femme qui attendait à ses côtés. Monsieur voulait rompre et comme ça ne répondait pas, il a raccroché. La Miss a encore fait des siennes, le samedi pendant qu'ils dormaient, lui et sa femme. Paraît qu'elle a mastiqué sa porte au Sikaflex et les a enfermés une bonne partie de la journée. Enfin, il pense que c'est elle. Une vague histoire de postier qui l'aurait vue rentrer en même temps que lui et filer pendant qu'il parlait avec la concierge de l'immeuble. J'entendais sa femme lui tirer la gueule à l'autre bout du fil. J'avais pas dit que j'étais flic, qu'il mouillait déjà dans son pantalon... Pitoyable !

Pierre, qui a écouté Bastien sans l'interrompre, commente comme pour lui-même. − Il semble qu'on ait tous les pourquoi et les comment et que ça coïncide. − Si tu le dis, raille Bastien. Il voit Pierre, abîmé dans ses pensées, en sortir peu à peu. Son regard perd de sa fixité, les informations vont venir. Aussi Bastien attend. Il a dans la main le bout de nappe à présent complètement chiffonné à force de le triturer nerveusement. Le joker du jour, quoi que Pierre ait appris.

La Carpe débute son raisonnement comme pour lui-même d'abord lentement, à voix basse, puis de plus en plus distinctement. En même temps qu'il entend résonner en lui la voix de Simone, brisée, plaintive. Il est sûr que Clara a eu les mêmes intonations, toutes ces années, avant de s'affirmer.

- Il y a un an, le père de Clara décède. La veille de l'enterrement, Clara apprend qu'elle a un frère jumeau, Justin, mort à la naissance, quelques heures après elle. Ses parents le lui ont toujours caché, mais au crématorium c'est plus possible, Simone, la mère de Clara, craque...

Pierre réfléchit. Le puzzle dans sa tête se met peu à peu en place.

- Schéma classique : la bulle de Clara explose. Son passé, ses certitudes, tout ce qu'elle croyait être sa vie, balayé d'un coup. La colère, l'incompréhension, la trahison sont là, tapies dans l'ombre, mais Clara fuit, ce n'est pas son genre, pas son éducation de se révolter, de demander des comptes, alors elle part et ne donne pas de nouvelles à sa mère... pendant un an... et c'est là, sûrement pendant ce temps qu'elle se connecte au blog de Domino et aussi rencontre son amant, Jérôme. Compensation, vengeance, désarroi, tout est possible. Elle mène une espèce de vie souterraine. Tous s'accordent à dire qu'elle avait changé et un matin, elle pète une durite, perce un trou... l'enchaînement d'un ras-le-bol, la goutte qui fait déborder le vase. Elle liquide tout, son boulot, son amant, téléphone à sa mère, lui dit qu'elle va venir, mais ne vient pas.

Pierre se tait subitement. Là, s'arrête ce qu'ils savent. Concrètement. Factuellement. Le reste n'est plus que supputation et le laisse songeur.

Bastien reprend, ahuri.

- Un frère mort, comment tu dis, Justin en plus ! N'en jetez plus ! Je commence à bien l'aimer, moi, cette Clara, vu le panier de crabes dans lequel elle baignait. Plus rien ne m'étonne. Les secrets de famille qui vous explosent à la tête sont des bombes à retardement. Et les histoires de jumeaux, déjà quand tu vis avec c'est le bordel, mais quand l'un meurt... Au moins maintenant on comprend pourquoi Domino l'appelle Petite Sœur. Il l'a cueillie à point, la belle Amibe. Pierre est perplexe. Tout ce qu'ils ont appris ne les mène nulle part. Après tout, ce Domino n'est peut-être qu'un pion qui a servi les desseins de Clara. Que son blog ratisse une bande de paumés, dont Clara, ne veut pas forcément dire qu'il l'est lui-même. À l'heure qu'il est, ils sont peut-être en train de roucouler dans un coin. Mais lequel ? Bastien se rend compte qu'à nouveau

Pierre ne l'écoute plus. Ses yeux fixent le mur derrière lui. Betty vient de s'approcher des Concertistes pour y déposer deux cafés.

En voyant Pierre ainsi, elle fait un clin d'œil à Bastien.

-      Eh bien, je vois qu'on s'amuse ici...

Bastien pose un doigt sur sa bouche et chuchote.

-      Une petite crise, ça va passer.

À peine a-t-il dit ça que Pierre se ressaisit.

-      Et sur la famille Cabale, t'as autre chose ? Ça donne quoi, Montrouge ?

Bastien, rayonnant, agite son bout de papier devant Pierre.

-      Une adresse dans le Sud. Au nom de la fille. Peut-être pas si disparue que ça. J'ai essayé de téléphoner... dans le vide, mais ça ne veut rien dire.

-      - Tu veux dire quoi là ?

Bastien, qui depuis une heure fulmine, a eu tout le temps de penser un scénario. Le moment est venu de sortir son joker.

-      Là où ça coince, c'est cette adresse à Montrouge, t'es d'accord. Un vieillard et sa fille. Le premier se fait cramer, la seconde a disparu. Qu'est-ce qui reste ?

-      Bastien attend que Pierre réponde. Mais La Carpe ne joue pas le jeu.

-      Déçu, il reprend.

-      Le handicapé, tiens ! Qui a peut-être toujours été là, prisonnier des deux autres. Domino en personne, derrière son ordinateur et qui grâce à Clara a lui aussi trouvé la « force » ou le « courage » - Bastien mime les guillemets - de tout envoyer valser... Et qui connaît l'adresse de sa sœur, sa femme, sa mère ?... on peut tout imaginer ! Qui sait ce qu'il vit depuis des années ? Qui sait ce qu'il est pour les deux autres ? Un enfant illégitime, un jumeau débile, un handicapé qui fait honte ?

Pierre a suivi Bastien jusqu'au bout.

Ça tient la route.

- Et comment t'explique le fauteuil roulant l'autre matin ?

- Le miracle de l'amour ! Sainte Clara, priez pour que ça marche, ironise Bastien. À moins qu'il ait toujours marché et que son handicap se situe ailleurs, reprend-il plus sérieusement.

- Tu sais si l'un des trois a une voiture ? demande Pierre tout à coup impatient.

- Dans le mille... une Mini break marron immatriculée au nom de la fille.

- Et tu ne pouvais pas le dire plus tôt, grogne Pierre en se levant.

Chapitre 34

Dans la salle à manger déserte, le cri strident d'un vieux téléphone gris à cadran vient de résonner. Longtemps. Domino est apparu dans l'entrebâillement de la porte et s'est arrêté pour écouter. Dix-huit longs et interminables appels comme autant d'alarmes qui se seraient déclenchées en lui. Et pourtant personne ne connaît ce numéro. Il n'est même pas dans l'annuaire. Cette maison familiale était à sa grand-mère maternelle. Quand il en a hérité bien longtemps après la mort de sa mère, il l'a d'abord vidée, ne gardant que quelques meubles et un peu de vaisselle. Cette table de chêne massif par exemple, qui trône en plein milieu du salon avec ses quatre chaises de paille jaune usées jusqu'à la corde. Le papier peint à fleurs rouges, troué d'humidité, qu'il a voulu arracher sur le mur nord. Comme le plâtre venait avec, il a dû arrêter. Sur les dizaines de cadres photos, trois seulement ont échappé à sa hargne, posés sur la poutre de la cheminée. Une cheminée où pend encore au bout d'une tige de fer rouillée, une de ces énormes marmites en fonte noire. Sur l'une des trois photos, ses parents, en uniforme. Domino n'a pu se résoudre à la jeter, même si l'on voit son père avec, déjà, ce sale béret sur la tête. Parce que sa mère a l'air si heureuse et qu'elle porte son costume Air France. Avec une telle grâce et une telle fierté. La seconde offre le portrait d'une petite fille. D'un autre temps, d'une autre vie. Avant lui. Domino ne lui accorde jamais aucun regard. Elle existe. C'est tout. C'est indéniable. Mais la photo qu'il préfère est celle de sa mère enceinte. Définitivement belle. Tout en rondeur, les mains sous son ventre en signe de protection. Les yeux défiant quiconque oserait s'en approcher. Quand il la regarde à présent, c'est Clara qu'il voit. Tous les possibles de Clara. Sa jeunesse et ses espoirs. La ressemblance est incroyable. Miraculeuse. Il existe une justice.

Même si elle arrive tard. Même si elle n'est pas tout à fait comme il l'avait espérée. Est-ce que tout aurait été différent si sa mère n'était pas morte à sa naissance ? S'il ne l'avait pas déchirée, anéantie, absorbée ? Son père l'aurait-il aimé différemment ? Il s'était posé ces questions jusqu'à en perdre la raison. Des années durant. Est-ce que Clara saura comprendre ? L'aider ? Domino veut y croire. Depuis ce matin déjà, elle n'a plus le même comportement. Elle commence à se laisser apprivoiser. Elle a compris ses jeux. N'a plus dans les yeux cette peur de bête affolée comme lors de son premier réveil. Peut-être qu'il y est allé un peu fort dimanche matin. En même temps, elle ne lui a pas laissé le choix. Il a vu qu'elle regrettait d'être venue et qu'elle allait repartir. Il s'en doutait, même s'il avait tout prévu. Qu'elle l'écouterait mais ne comprendrait pas. Que le fauteuil roulant de son père ne l'apitoierait pas. Pas assez pour qu'elle reste. Elle l'a traité de menteur. Quand elle avait jeté l'uniforme de sa mère dans le lac, là, elle avait été trop loin. Ce cadeau était de loin ce qu'il avait de plus beau, de plus précieux et de plus symbolique à lui offrir. Elle a eu cette même façon qu'avait son père de le regarder. Avec dégoût. Il n'a plus eu le choix. Elle ne lui a pas laissé le choix. Est-ce que lui-même l'a eu quand sa mère est morte ? Il a bien fallu qu'il s'adapte. A dû trouver sa parade très tôt. Même si elle n'était pas au point. Même si ça lui a valu de sales affaires. Mais il a appris. De son père principalement : il s'est bâti à sa mesure. Il ne s'est plus jamais fait prendre. Et avec le temps, de loin en loin, cette maison est devenue son espoir.

Il savait qu'il y reviendrait. Il l'a toujours entretenue. Grossièrement, certes, mais sans jamais couper l'eau ni l'électricité. Il n'y a qu'ici qu'il peut recommencer une autre vie. Évidemment il y a encore des arrangements à faire. Il faut que Clara s'y sente bien. Et puis surtout il a tout brûlé derrière lui. Le dernier domino, en chutant, a tout embrasé. Il ne regrette rien. C'est du temps qu'il faut à Clara, simplement du temps. Aujourd'hui, il a considérablement diminué les doses. Et Clara semble apprécier. Elle a repris des couleurs. Le jeu de la bougie lui a plu, il en est certain. Elle n'a pas joui quand, au final, il l'a éteinte pour la pénétrer, mais elle a gémi. Ça, il en est sûr, il l'a entendue, elle a même fermé les yeux.

Chapitre 35

Seize heures. À vive allure, Pierre et Bastien dépassent le panneau Autoroute du Soleil. Des kilomètres défilent sans que soit échangée une seule parole. À une station service, ils s'arrêtent boire un café. Néons criards qui accentuent leur fatigue, dessinent sous leurs yeux un masque noir. L'angoisse creuse de nouvelles rides. Pierre finit de rouler une clope et demande, malicieux.

-    T'avais parié combien ? Trois clopes ?

Bastien hausse les épaules. Ce jeu ne l'intéresse plus. Il sait qu'il est de mauvaise foi, que c'est l'angoisse plus que la colère qui lui prend les tripes. Ça devait arriver. À jouer au con, maintenant c'est sûr, il est dans la merde.

- J'ai pas compté et j'm'en fous. Est-ce que tu te rends compte dans quoi on s'est encore embringués ?

Pierre le regarde, dubitatif. Il sait ce que ressent Bastien à cet instant. Ce qu'on ressent à chaque fois qu'on suit une intuition, qu'on est dans l'élan. L'adrénaline a un prix. Bastien sent confusément qu'il va le payer. Mais ils n'ont plus le choix. Et Pierre encore moins que Bastien. Il y a trop longtemps qu'il est en sursis. Depuis l'affaire Diane Kruber. À l'époque, Bastien était en vacances. Pierre enquêtait sur plusieurs affaires à la fois quand Diane était apparue dans l'une d'elles. La petite amie d'un malfrat. Il l'avait convaincue de lui servir d'appât pensant la sauver malgré elle. Le type qu'elle protégeait en était au stade de la séduction. Diane était jeune, naïve, seule, sans amour. Qu'un caïd la regarde et la protège, c'était plus qu'elle ne pouvait en espérer de toute sa vie. Elle n'avait pas encore compris qu'elle finirait comme les autres. Au mieux dans la rue. Au pire à la morgue. Pierre avait fait ce qu'il avait pu. Puis elle l'avait planté, n'avait pas cru en lui. Il l'avait exposée, elle s'en était pris plein la gueule. Quand ses collègues étaient intervenus, il était trop tard. Un vrai carnage. La fille était sur le carreau, le gang avait pris la tangente. Ils n'avaient jamais su que tout avait foiré à cause de lui. Mais Pierre, qui avait pris l'initiative seul, savait. Sans sa connerie, cette fille serait encore en vie, le gang démantelé et lui certainement encore flic. Pierre voulait croire que cette fois l'Inclus en lui ne l'avait pas trompé. Cette histoire n'arrivait pas par hasard. Il avait une dette. Et ce n'était pas ses pérégrinations sur sa tombe, une fois par an, qui allaient la payer. Il regarda Bastien triturer la cigarette nerveusement. Il se devait de le rassurer et pour ça l'humour était le meilleur antidote.

- Et tu voulais qu'on fasse quoi ? Qu'on appelle l'arsenal ? Salut les gars, on a un petit problème, vous savez l'histoire l'autre dimanche matin, celle qu'on a classée… Eh bah notre très regretté Pierre, vous savez, le salaud qui vous a plantés y a un an pour devenir détective privé, j'l'ai mis sur la piste, au cas où. Bah quoi, c'est mon pote ! Bon d'accord, on vous a pris pour des branques, on vous l'a fait par derrière, mais maintenant ça serait bien que vous oubliiez tout ça et que vous nous filiez un coup de main. En même temps c'est pas sûr, allez savoir…

- C'est ça, rigole, mais si on trouve rien, j'sais pas comment j'explique demain au boss que je suis à mille bornes de pointer à l'heure… J'ai un métier moi, dit-il provocateur.

- Raison de plus, répliqua Pierre en se levant, ne perdons pas de temps.

Troisième Partie :

MC Domino

Chapitre 36

Clara ouvre les yeux. Domino, étendu sur le ventre, ronfle. Son visage enfoui dans l'oreiller. Simplement vêtu d'un caleçon et d'un tee-shirt gris. Clara peut y lire une inscription en lettres blanches à moitié effacées : Domino Day – 2001. Sur le tabouret de nuit, les menottes et la rose ont disparu.

Clara sort du lit, précautionneusement, geste après geste. La tête lui tourne un peu, elle avance à pas feutrés, sa main court le long du mur. Dans la salle de bains, une baignoire sabot et un lavabo couleur crème. Au sol, les tomettes marron ont perdu de leur éclat. Une ampoule pend au plafond distribuant une lumière crue. Clara respire en grimaçant. « Ça pue le vieux ici. Tout dans cet endroit date d'une autre époque. Le mobilier, les peintures, l'odeur. Tout. Mais pas ça ! » Clara aperçoit son sac de voyage. Celui qu'elle avait fait pour partir chez sa mère, l'autre dimanche, après son rendez-vous avec Domino. Et son manteau, d'un blanc taché de boue, complètement foutu. Qu'importe ! pense-t-elle en fouillant fébrilement les poches. Ce qu'elle cherche c'est son téléphone. Elle vient d'y penser en découvrant ses affaires. « Si je le trouve, je suis sauvée. » Mais elle a beau chercher il a disparu. « Ou Domino me l'a pris ou il est tombé quand j'ai voulu m'enfuir. »

Elle se baisse pour ouvrir la fermeture Éclair de son sac et cherche encore. Son esprit s'emballe à toute allure comme si elle venait de recevoir une décharge électrique. Elle se pensait morte, transportée dans un ailleurs cauchemardesque, mais non, elle est vivante. Elle panique, sait qu'elle a peu de temps devant elle. « Domino me l'a peut-être caché. Si je ne trouve rien, il faudra que je cherche ailleurs. Dans la chambre il y a cette grande armoire brinquebalante. Je l'entends souvent l'ouvrir et la refermer. Mes papiers doivent s'y trouver aussi et mon sac à main et mon portable et ma vie... Toute Ma Vie... ».

Clara sent naître la rage, la colère, en même temps que l'épuisement. Ici il n'y a rien. Elle se relève, s'agrippe au rebord du lavabo, prise de vertige. Elle fixe longuement le reflet de son visage dans le miroir carré, accroché à un clou, au-dessus d'une tablette où sont posés une brosse à dent usée et un tube de dentifrice spécial haleine fraîche. La dernière fois qu'elle s'est regardée ainsi c'était l'autre matin, elle avait trente-cinq ans. Il lui paraît en avoir dix de plus. Soudain, elle entend un léger cliquetis et la voix de Domino, susurrant, derrière la porte.

- Petite Sœur ?... Où es-tu ?

Clara resserre ses doigts autour du lavabo. Cette voix la mortifie. Rien à voir avec celle de son blog. Celle-ci est plus grave, moins modulée, aux accents rauques. Celle d'un fumeur. Grippée de nicotine. Elle croit avoir senti une ou deux fois l'odeur du tabac. Une odeur forte comme celle des cigares. Et pourtant jamais encore elle ne l'a vu fumer. Mais qu'a-t-elle vu au juste ? Il lui semble qu'elle ouvre les yeux pour la première fois depuis longtemps. D'un vrai regard. Libérée de la peur et de cette impression permanente d'avoir comme un voile devant chaque œil. L'effet de cette drogue peut-être qui s'atténue enfin. Clara le sent, dans son corps, dans sa tête, dans le froid qui lui dresse les poils sur les bras. Elle a retrouvé des forces, une sensibilité, une énergie. S'il lui reste un espoir, c'est maintenant.

Domino vient d'ouvrir la porte. Clara se retourne et court se réfugier dans ses bras. Quand il la reçoit contre lui, elle va nicher sa tête dans son cou et murmure :

- Protège-moi...

Domino l'enserre, la soulève, la porte jusque dans la chambre et la couche sur le côté. Elle lui tourne le dos. Elle sent sa main qui remonte le long de sa colonne vertébrale, qui suit ses hanches, descend le long de ses cuisses, remonte sur ses fesses. C'est une main douce, d'une grande délicatesse et en même temps impatiente, maladroite, aux doigts puissants. Clara ne ressent rien, si ce n'est du dégoût. Une totale répulsion. Mais elle veut passer au-delà de ça. Elle doit le laisser faire. Attendre le moment opportun. Elle perçoit un cliquetis derrière elle. Le même que tout à l'heure. Domino a ralenti sa course dans son dos. Sa main s'immobilise sur sa hanche, fermement, et l'oblige à basculer sur le ventre. Elle se tient immobile, les bras étendus de chaque côté de la tête. Elle ressent son poids de part et d'autre du lit. Il se place derrière elle, ses genoux encerclent ses cuisses, ses pieds frôlent ses mollets. Maintenant il lui masse le dos, de toute sa hauteur, avec de longs gestes puissants. Dans un coin du matelas, à la tête du lit, Domino a déposé les menottes. « En prévision d'un jeu futur », s'inquiète Clara de plus en plus crispée. Quand ses doigts pétrissent ses hanches puis ses reins, Clara perçoit la montée de son excitation dans sa respiration saccadée. Elle n'a plus vraiment le choix. Elle doit le faire. Elle peut y arriver. Elle s'arc-boute délicatement et ondule ses fesses, dans un mouvement lent et calculé. Domino ne résiste pas, commence à les lui pétrir sans vergogne. Quand il la pénètre d'un doigt, Clara sursaute, étouffe un cri. Elle se cambre plus volontairement, ramène ses bras sous elle et serre les poings. «Tiens bon, se dit-elle. Encore un peu. Pas maintenant. Laisse-le abattre ses cartes. »

Soudain Domino se retire. Elle l'entend qui tire quelque chose de sous le lit. Inspire et expire bruyamment. Sa voix haletante lui souffle un ordre rauque.

- Caresse-toi Clara... je veux t'entendre.

Clara ferme les yeux, réfléchit à peine et s'exécute. Elle soulève son bassin, le rabaisse, deux fois, trois fois puis laisse son sexe frotter le drap. Les sanglots s'étouffent dans sa gorge. Elle voudrait hurler mais elle se retient. Maintenant elle sait. Ce qu'il fait. Elle l'entend. L'horreur la saisit instantanément. Elle parvient à étouffer un cri, pousse un long gémissement.

Domino l'encourage. – Oui... comme ça... j'arrive... Il est de nouveau là. Derrière elle. Lui soulève les hanches, la fouraille sans ménagement. Un froid glacial saisit Clara. Il va le faire, il est emporté par son désir. C'est maintenant qu'il est le plus faible. Clara inspire une dernière fois, profondément, accentue le mouvement de son bassin, lui tend ses fesses d'un brusque mouvement de reins et crie :

- Maintenant !!!

Domino s'empale en elle, d'un coup, sauvagement. Juste avant de hurler à son tour. La violence du coup autant que la surprise l'ont fait basculer subitement en arrière. Il n'a rien vu venir.

La salope !

Il les a prises de plein fouet. Au visage. Les menottes lui ont entaillé les lèvres et l'arcade sourcilière. S'il n'avait pas si mal et n'était pas si en colère, il apprécierait sans doute la souplesse du geste, sa volte-face, cette belle envolée du bras. Mais Domino rugit. Braille qu'elle va le payer. Sa tête pisse le sang et sa mâchoire le lance. En tombant il a heurté le cadre du lit. Il a entendu ses dents s'entrechoquer. Quand il arrive enfin à se relever, elle a disparu. Elle a dévalé les escaliers. Il l'entend tambouriner à la porte de l'entrée. Malgré lui il sourit. Elle peut toujours essayer de l'ouvrir. Ou même hurler. Ils sont seuls. Il l'entend passer de pièce en pièce, claquer les portes, s'affoler comme un papillon pris dans un bocal. Avec ce qu'elle a dans les veines depuis trois jours, son énergie ne tiendra pas longtemps. Et des issues, elle n'en trouvera pas, il l'arrêtera avant.

Clara a échoué dans la cuisine. Elle est en train d'éventrer les tiroirs, de vider les placards. Porcelaine blanche, rayée, ébréchée. Rien que de la vieille vaisselle. Un service à thé, de vieilles gamelles toutes cabossées. Comme on en trouve dans les vide-greniers. Elle panique. Si elle ne se calme pas, elle va devenir hystérique. Ce n'est pas

avec un couteau à pain ou des fourchettes qu'elle...
Clara n'a pas le temps de finir de penser que
Domino est là. Il fonce droit sur elle, ridicule dans
son accoutrement, la tire par les cheveux, la
ramène contre lui et d'un mouvement de coude
dans le dos, la balance contre la gazinière. Ses
mains l'enserrent comme un étau, elle est
complètement pliée en deux, le nez sur un des
brûleurs. Elle n'essaie même pas de se débattre.
Son corps tout entier est paralysé. Le moindre
mouvement lui arracherait un cri. Domino pourtant
relâche sa prise un bref instant et Clara sent
aussitôt une forte odeur de gaz s'infiltrer dans ses
narines. Le temps qu'elle comprenne qu'elle doit
cesser de respirer, la tête lui tourne, son corps
devient mou. Elle est en train de perdre
connaissance. Domino le sent aussi. Elle devient
lourde d'un seul coup. Rapidement, il ferme le
bouton du gaz, retourne Clara, la bloque avec ses
jambes contre la cuisinière et la gifle. À toute
volée.

Clara hurle, ouvre les yeux. Domine la domine
du regard. Il lit la peur dans ses yeux. Une peur
vertigineuse qui lui coupe le souffle. Il reconnaît
cette peur. Il l'a déjà ressentie. Il sait qu'il a gagné.
Elle capitule. La peur ne quitte pas Clara, mais elle
sait maintenant comment il fonctionne. Ce qu'il
attend. Et elle lui donne. Sans tricher. Ce n'est pas
difficile. Tout son être n'est qu'effroi. Un puits
d'épouvante. Alors Domino, sans relâcher son
emprise, s'écarte de Clara. Elle ne l'a jamais vu
aussi nettement. Il a de tous petits yeux, un long
nez et une haleine à flinguer les mouches par

douzaine. Pourtant la carrure de son visage contraste avec la finesse de sa peau. Si elle n'avait pas si peur, Clara pourrait avoir pitié. Elle sent son sexe buter contre son ventre. Il n'a même pas pris le temps de le retirer. Un horrible bout de silicone noir qu'il porte attaché à une ceinture. Elle repense au moment où elle a compris, à cet instant où tout est enfin devenu clair. À cette mascarade pendant des mois. À cet accoutrement l'autre matin. Comment elle s'est fait manipuler.

Par une femme !

Même pas un homme.

Une femme !

Plus perverse et retorse qu'un simple fou. Plus machiavélique et vicieuse qu'un sadique. Qui se cache derrière un fauteuil roulant, une toile d'araignée et les mots des autres. Qui se planque dans son sous-sol à briquer ses dominos, effrayée de ses besoins, de ses désirs. Une femme lâche et fourbe et perfide et....et... et... Clara suffoque. La colère est en train de distiller sa menace. Elle ne voit plus Domino. Elle a oublié sa peur.

Elle hurle à présent.

- Une femme qui n'a même pas les couilles de s'assumer... !!! » et elle repousse Domino, qui, pétrifiée par la volte-face de Clara, perd l'équilibre et tombe une fois encore, tête en arrière.

Clara la regarde, nue dans son accoutrement, les seins desséchés, qui tente de se relever, d'arracher sa ceinture gode et qui hurle à son tour que « Clara ne comprend rien, qu'elle n'a pas le droit de la traiter ainsi, qu'elle va payer cette fois-ci ».

Chapitre 37

Quand Pierre et Bastien arrivent enfin, l'impasse est plongée dans le noir. Un pâle croissant de lune dispense un faible halo de lumière. Bastien a éteint ses feux avant même de pénétrer la rue et s'est garé à hauteur du premier numéro. Une dizaine de maisons neuves se côtoient, toutes identiques, sauf la dernière. Une bâtisse d'un autre temps en grosses pierres grises. Posée là depuis des siècles, en plein milieu, comme oubliée. Pas très grande, sur deux étages, avec une lucarne sur le toit. Une Mini break marron immatriculée 663PK11 est garée devant. Ils la dépassent en marchant lentement, puis reviennent sur leurs pas. L'impasse est étrangement déserte. Silencieuse. Pas une âme encore debout ou même un chien qui aboie. Pierre regarde l'heure à son portable. À peine minuit passé. Ça paraît normal. Ce petit bout de ville, terré dans un cul-de-sac, long d'à peine quatre cents mètres, est plongé dans le sommeil. Et pourtant il sent quelque chose. Comme une tension.

Quelqu'un retient son souffle. Il n'a même pas besoin de se rouler une cigarette. L'Inclus en lui est formel. L'obscurité gagne du terrain. Une raideur s'est figée dans l'atmosphère. Une raideur que La Virgule confirme en stoppant devant la Mini. Le visage collé à la vitre, les deux mains en œillères, il a perçu une forme colorée sur le siège arrière. Il se recule, tend son doigt vers l'intérieur et interroge Pierre du regard. Une couverture en patchwork multicolore s'étale sur toute la longueur de la banquette. La Carpe hoche la tête d'un signe affirmatif. Quelle que soit la personne qui est ici, c'est bien celle qu'ils cherchent.

Bastien a sorti son arme. Il désigne à Pierre la fenêtre sur sa gauche tandis que lui-même avance furtivement sur l'allée qui mène à la porte d'entrée. Pierre le rejoint alors qu'il s'apprête à tourner la poignée, l'oreille collée contre la paroi de bois. Aucune résistance ne s'offre à lui. Ni chaîne de sécurité ni clé dans la serrure. Il se recule, pointe son arme droit devant lui et d'une légère pression du pied dégage l'issue. Un long couloir vide, aux murs nus, se profile devant eux. On dirait un boyau. Pétri d'humidité. Ils pénètrent à tâtons, retiennent leur souffle. Trois portes et un large escalier structurent ce goulet. Derrière la première porte, des toilettes, vétustes. Au fond du couloir, la salle à manger. Étonnamment vide. Ça pue le vieux et la désolation, cette table en bois, plantée comme ça, en plein milieu de la pièce, avec ses quatre chaises trouées. On dirait un mess pour fantômes. Et ce chaudron d'époque. La marmite du diable.

Bastien n'a qu'une envie, déguerpir. Cet endroit lui file la chair de poule. On y gèle comme dans un frigo. Il accélère le mouvement et pénètre dans la cuisine en donnant un violent coup de pied dans la porte. Il veut en finir. Il a déjà compris qu'ils ne trouveront rien. Y a plus personne ici. La Carpe aussi l'a senti. Il l'a lâché dès qu'ils sont repassés devant l'escalier. Bastien l'a entendu monter les marches deux par deux, sans amortir ses pas, sans craindre d'être surpris. Tout de suite après, ils ont eu un choc. Séparément. L'un en découvrant le champ de bataille dans la cuisine et l'autre, en soulevant les menottes, au milieu du lit défait, les draps tachés de sang dans la chambre. Un choc plus grand que ce qu'ils imaginaient. Qu'ils ont exprimé de la même manière. En jurant. Quand ils se rejoignent au pied de l'escalier, leurs visages affichent le même sentiment d'angoisse et la même interrogation muette au fond des yeux : « Où a-t-il bien pu l'emmener ? » Les traces de sang, maintenant qu'ils ont allumé la lumière du couloir, laissent apparaître des convergences qui finissent toutes au même endroit. Sur le perron. Dehors. Et pourtant la voiture est toujours là. Dans l'allée qui sépare ce qu'il reste d'un jardin devenu un terrain vague, imbroglio de ronces, d'herbes hautes et de branches d'arbres morts. Pierre et Bastien l'explorent, puis se séparent pour contourner la bâtisse sur les côtés. Ils se retrouvent derrière. Dépités.

Ce qui devait être à l'origine un joli potager s'est transformé en une vraie décharge publique. Lit, table, armoire, meuble de salle de bains, canapé et sacs de fringues éventrés ont été abandonnés là, comme si leur propriétaire n'avait eu qu'à les jeter par la fenêtre. Des tas de bibelots, objets cassés, boîtes à chaussures, photos et vieux journaux, croupissent, éparpillés dans des trous de terre. Sûrement des bêtes venues fureter de quoi manger. Les Concertistes se tiennent debout, stupéfaits. Au loin, des kilomètres de vignes découpent l'horizon. La lune y jette une lumière vaporeuse. Bastien, que sa jambe « Pile » démange depuis qu'ils sont arrivés, a rapproché un banc. Ou ce qu'il en reste. Une armature de bois complètement véreuse et en guise de dossier et de siège, des plaques de métal clouées sans discernement. Ils s'y posent en douceur, épuisés. Vaincus. Le silence les surprend, qui de ce côté-ci de la maison laisse à entendre qu'un vent s'est levé. Un vent frisquet aux effluves marins. Dans un même geste, ils rentrent la tête dans les épaules. La Virgule enfonce les mains dans les poches de son blouson de cuir et La Carpe relève le col de son bomber. Pierre façonne en silence une première cigarette. Il prend son temps, la pose sur ses genoux et recommence. Quand il a fini, il en tend une à Bastien, garde l'autre et sort un briquet.

- C'est une blague, j'espère ? dit Bastien étonné. Ce serait bien la première fois... et pas vraiment la bonne...

Pierre ne répond pas. Il pense à Diane. Il pense à Clara. À son métier de détective. Aux affaires minables qu'il boucle depuis un an. Comme une punition. Un non-droit d'exercer. À ce qu'il aurait pu ou dû faire depuis l'affaire Kruber. Aux parents de Diane quand il a dû leur annoncer la mort de leur fille. À sa lâcheté pour ne pas avoir tout dit. À la promesse qu'il a faite quelques heures plus tôt à une autre femme, Simone, avant de raccrocher. D'une voix qu'il voulait rassurante et déterminée, n'a-t-il pas prononcé ces mots : « Je vous la ramènerai, c'est promis » ?

S'il était encore flic, tout ça ne serait pas arrivé. Il aurait suivi l'affaire comme n'importe quelle autre. Des questions de routine qui lui auraient vite mis la puce à l'oreille. Il aurait envoyé des gars à chaque bout des points d'interrogation et au pire, dès le lundi soir, ils auraient été là. Ce qu'il avait découvert dans la maison ne datait que de quelques heures. À l'heure qu'il est, qui que soit ce Domino, il l'aurait arrêté. Et Clara serait sauvée.

Qui sait ce que depuis dimanche elle a subi. Un tube de Kétamine vide, une bougie, de la cire sur les draps, une paire de menottes, un gode, de la vaseline et du sang : le cocktail est parlant. Ils ont affaire à un sadique sans scrupules, abonné SM qui joue les grands frères auprès d'une jeune femme fragile, perdue.

Comme l'était Diane.

Comme le sont toutes les proies.

Et qu'est-ce qu'il va bien pouvoir dire à Simone maintenant ?

Pierre a parlé tout seul. Bastien n'a rien compris, lui-même en proie à des tas de questions sans réponses. Ils sont comme deux égarés qui attendent un signe pour continuer le chemin. Un long silence les glace dans la nuit froide. Un silence perplexe et angoissé que Pierre balaie d'un geste rageur en jetant sa cigarette à terre pour la piétiner. Avant de s'interrompre. Quelque chose a attiré son regard. À peine plus grand qu'un ongle. Fiché dans le sol.

Et qu'il dégage de la pointe des pieds.

Un mégot de cigarillo.

Le même, il en est sûr, que celui qu'il a ramassé au bord du lac l'autre matin.

- L'enfoiré », jure-t-il. Ce mec est venu ici fumer une clope tranquille après avoir tiré son coup.

Bastien questionne Pierre du regard, l'air de dire : De quoi tu parles ? Celui-ci lui jette un regard noir, se baisse pour ramasser le mégot, fouille nerveusement ses poches quand un cri déchirant explose dans la nuit. Un cri tellement horrible qu'ils restent pétrifiés un bon moment avant de s'élancer. Un second le remplace, différent, comme une longue plainte. Le temps qu'ils trouvent la trappe - à peine dissimulée sous des ceps de vignes pourris, à même pas dix mètres de là où ils étaient - que Pierre la soulève et que Bastien dévale les escaliers en criant « Police ! », deux minutes de trop au moins se sont écoulées.

Chapitre 38

Clara s'est débattue. Du mieux qu'elle a pu, autant qu'elle a pu. Mais la femme a gagné. Après une lutte féroce dans la cuisine, Clara s'est sentie soulevée de terre comme un vulgaire sac de pommes de terre, sa tête a cogné une dernière fois contre quelque chose, puis elle a perdu connaissance. Les souvenirs qui lui restent de ce combat l'ont définitivement convaincue. Cette femme est un monstre. Un être malfaisant, habité par la haine et la violence. Façonné d'un bloc. Trop grand et trop fort pour elle. Et maintenant tout son corps hurle de douleur. Elle voudrait se laisser tomber. Ses jambes ne la tiennent plus et ses poignets sont sur le point de craquer. Elle lit dans le regard de la femme tout le plaisir qu'elle en retire. La victoire brille dans ses yeux. Clara est à sa merci. Tout ce qu'il lui reste de dignité s'est envolé. Après qu'elle a senti sa peau se déchirer, que la brûlure s'est répandue tout le long de sa colonne vertébrale, Clara a abdiqué. Elle l'a suppliée. En larmes. La femme l'a encore cinglée deux fois avant d'apparaître, vêtue de noir, une cravache à la main. Elle l'a toisée durant de longues minutes, sans sourciller, un sourire démoniaque au coin de la bouche. Elle a attendu que les pleurs de Clara diminuent et d'une voix coupante, pleine d'arrogance, lui a asséné le coup fatal.

- Tu seras sage maintenant ?

Tout était dit. Clara a compris qu'il ne restait plus rien d'humain dans cette femme. La folie l'habitait. Au moins à cet instant-là. Alors Clara a simplement fermé les yeux. Puis a laissé tomber sa tête en avant, en signe de soumission. Et le monstre l'a libérée. Un bruit de chaîne suivi d'un grognement sadique ont accompagné sa chute quand Clara est tombée telle une masse. De toute sa hauteur et de tout son poids. En s'effondrant ainsi, face contre terre, Clara s'est souvenue de l'expression « mordre la poussière ». Bizarrement elle a pensé : « Bah voilà, c'est fait ! Au moins une chose que je pourrai cocher dans ma liste des «trucs improbables à essayer». Mille fois plus facile que de chercher une aiguille dans une botte de foin. » Elle est restée un bon moment fixée sur cette idée les yeux fermés. Espérant secrètement qu'à ce stade de la dinguerie, plus rien ne pourrait l'atteindre. Parce que c'était bien ça qui l'attendait. La dinguerie. Non pas celle que son père singeait

192

d'une danse comique quand l'imagination de Clara, petite fille, débordait un peu du cadre. Son père se mettait alors à danser sur une jambe, secouait la tête dans tous les sens et clamait à tue-tête dans la Maison de bois : « Au secours, au secours, mon enfant a la dinguerie... rentrez chez vous bonnes gens, au secours au secours !!! ». Clara, secouée de rire, se mettait elle aussi à danser la gigue et reprenait en chœur : « Au secours, au secours, papa a la dinguerie... » Non. Ce n'est pas à cette dinguerie-là que pense Clara. Celle-là avait de l'espoir et des rêves plein la tête. Celle-là puisait dans l'innocence et la confiance. Mais à l'autre. Celle qu'elle a déjà vue en creux, dans le regard de certaines personnes, coupées pour toujours de la réalité et habitées par un autre monde. Bien longtemps après que pour eux aussi, tout a basculé. Et qu'une porte claque.

Une porte comme celle qu'elle entend se rabattre lourdement au-dessus d'elle. Un bruit sec, suivi d'un talon de bottes qui résonne sur la pierre. C'est la monstre ! Elle ne l'a pas entendue partir mais elle l'entend qui revient, qui s'approche. Une ombre au-dessus d'elle. Clara ferme les yeux, se rétracte. Prie pour que le prochain supplice l'achève. Clara sent son haleine répugnante envahir l'espace et lui voler sa douce inconscience. La femme est là, agenouillée derrière elle qui l'attrape par les aisselles, la soulève et se met à la traîner sur plusieurs mètres. Elle sent ses jambes qui râpent. Un sol pierreux lui lacère les mollets et le bas du dos. La douleur surgit dans Clara comme autant d'épines lui perforant l'épiderme. Elle serre les mâchoires, ravale ses cris, mais ne peut retenir ses larmes. Sa vue se brouille. Elle cligne des yeux, tente de les ouvrir. Elle croit tomber dans un rêve. Elle se trouve dans une caverne et voit défiler par dizaines, alignées contre un mur de pierres, des bouteilles de vin. Toutes disposées avec soin, proprement agencées, dans des casiers en fer gris. Les rouges d'abord suivis des blancs. Que des grands crus, sûrement millésimés. Aux noms flatteurs, aux étiquettes prestigieuses. Une hallucination ? Un cauchemar ? Elle a toujours cru que dans les derniers instants d'une vie on voyait défiler ses souvenirs. Elle perd la raison, la douleur lui joue un sale tour. Malgré elle, Clara cherche les champagnes. Sa dinguerie devrait au moins s'étendre jusque-là. « Que vaut la vie sans les bulles ? », disait son père à chaque anniversaire. Il ne la croirait jamais si elle lui racontait qu'une telle cave existe. Elle doit trouver les champagnes. Soudain la monstre la lâche et Clara se retrouve sur le ventre. Elle l'entend qui lui parle. La prévient : elle va la soigner, lui appliquer un baume, ça risque de faire mal. Sa voix n'est déjà plus la même que celle de tout à l'heure. La colère est tombée. Cette fois, Clara ouvre les yeux. Et le rêve s'incarne.

Elle est bien dans une cave. Longue, étroite, humide. Toutes les bouteilles sont là. Par centaines. Et même les champagnes. À l'autre bout, sous une voûte où apparaît, grossièrement peinte sur le mur, une copie de ce que Dalou a appelé Le Triomphe de Silène. Ça doit être la cave de la maison. Paradoxalement l'endroit le plus chaleureux et le mieux entretenu, si elle omet de voir la grosse chaîne qui pend de la voûte centrale. Là où il n'y a pas si longtemps encore elle était attachée. La femme a terminé son ouvrage. Clara ressent un réel apaisement, une accalmie dans la souffrance, comme si elle avait été anesthésiée. Le monstre a pris beaucoup de soin à ne pas lui faire mal. À progresser délicatement. Maintenant elle l'entend qui chantonne. D'une voix étonnamment fluette. Une comptine d'un autre âge. Sans paroles. Quand elle s'arrête, Clara s'inquiète. Mais la femme recommence, un ton plus bas, encore plus lentement. Clara l'entend à peine. Elle a du mal à l'imaginer dans son dos, avec son habit de cuir noir, penchée sur elle. Et voilà qu'à présent, elle lui caresse les cheveux.

Clara perd pied. Cette alternance de violence brute et de douceur extrême est démente. Combien de visages a cette femme ? Qui l'habite en cet instant ? Et comment s'appelle-t-elle ? Qui est au juste Domino ? Une femme, un enfant ou un monstre ? Elle a dû parler à voix haute, sans s'en rendre compte, car la femme s'est soudainement interrompue et de chanter et de la caresser. Puis elle s'est levée, a enjambé Clara, s'est saisie de la cravache posée sur un des casiers, est revenue et... Clara a hurlé. Avant même que la femme ne se dresse au-dessus d'elle prête à la fouetter. Un « NON » si puissant, tellement interminable que la femme en a été interloquée. Elle a cessé de proférer des insultes. Des mots tellement crus et écœurants que Clara a voulu que ça cesse. La femme est restée comme ça, bras levé, estomaquée, peut-être dix secondes ou vingt. Assez pour que Clara saisisse l'instant, se redresse d'un coup, se jette sur la monstre et la fasse tomber. La femme l'a entraînée avec elle, la cravache lui est tombée des mains, Clara l'a rattrapée. In extremis.

À cet instant-là, précisément, un barrage cède et Clara perd le contrôle. Elle se met à frapper et frapper et frapper encore. Une déferlante de coups s'abat sur la femme comme autant de vagues qui viennent cogner les rochers un soir de tempête. Clara ne voit plus rien, ne pense plus à rien. Une force s'empare d'elle, une rage insoupçonnée jusqu'à ce qu'elle entende crier le mot « Police ! » et que dans la bouche du monstre vagisse enfin une plainte de brebis égorgée.

Chapitre 39

Bastien manque de dévaler les escaliers tête la première. Dès que Pierre a soulevé la trappe, il a voulu s'élancer et, à la première marche, s'est retrouvé devant une pente abrupte. Une galerie souterraine creusée à la verticale. Aussi opaque qu'un trou noir. La flamme des bougies, posées toutes les deux marches, a vacillé sous le brusque appel d'air. Une corde, en guise de rampe, fixée dans la pierre par des anneaux, l'a aidé à retrouver son équilibre. Il hurle « Police !!! », une seconde fois, en franchissant la dernière marche et ce qu'il voit le fige sur place. Il reconnaît Clara bien que défigurée par la haine. Elle est nue et brandit une cravache. Sous elle, un visage en sang et un corps ceinturé dans une tunique de cuir noir, pantalon et corset déchirés. Le temps qu'il enregistre la scène, il sent Pierre le bousculer, fondre sur Clara, la soulever de terre, lui arracher la cravache des mains et l'emporter à l'autre bout de la pièce. Bastien se précipite alors sur Domino, s'agenouille pour chercher son pouls, sa jambe « Pile » en équilibre sur le côté.

Et pour la seconde fois en moins de trois minutes il reste bluffé par ce qu'il découvre. Sous le visage en sang et le bustier en cuir, une femme râle son dernier souffle. Il est consterné.

Une femme ?

Domino est une femme. À coup sûr, celle-là même qu'il croyait disparue, la fille du macchabée. Marie-Andrée Cabale. Quels crétins ! Il en est à se demander comment il va expliquer à son patron qu'il vient d'arrêter une prédatrice, complètement cinglée, sans qu'aucune enquête n'ait jamais été diligentée dans ce sens. Et par quel heureux hasard, Pierre Blondin en personne l'y a aidé, quand brusquement Domino ouvre les yeux et bondit sur lui. Il perd l'équilibre, sa jambe « Pile » totalement repliée sous lui. Le coup part sans que Bastien ne trouve le temps de répondre à la question. Il pousse un juron qui s'étouffe aussitôt dans sa gorge. La balle s'est logée quelque part dans sa poitrine. Domino s'est relevée, bien moins agonisante qu'elle a voulu le paraître et pointe l'arme de Bastien en direction de Pierre. Clara, en état de prostration, est repliée à ses côtés, ses bras encerclant ses genoux.

La voix de Domino lui fait relever la tête.

- Donne-la-moi… Tout de suite… Putain lâche-la ou je tire... Elle est à moi ! ordonne Domino.

Pierre s'est instinctivement placé devant Clara et fixe Domino en silence. La Miss ne l'a pas loupé. Son visage a doublé de volume, on dirait un monstre tout droit sorti d'un film fantastique.

Lippu. Mafflu. Exorbité.

Pour autant, Clara a dû battre la terre plus souvent que sa tête : Domino pisse le sang, mais dans son regard luit encore un éclat de vie singulièrement acide.

- Magne-toi connard ! Ou à trois, je t'éclate la face… Un…

Pierre ne lâche pas Domino du regard. Et malgré lui, laisse passer une lueur d'amusement dans ses yeux.

- Deux...

Son accoutrement de maîtresse SM, déchiré et poisseux, sa gueule cassée et son mime de mâle superpuissant au langage grossier la rendent parfaitement ridicule.

- Trois... t'es mort, raille Domino en appuyant sur la gâchette.

Pierre s'écroule dans un bruit de verre brisé.

- Et de deux, ironise Domino, avant de stopper net.

La conne ! Il a bien failli la tuer. En même temps que Domino a tiré, Clara a surgi, poussant violemment Pierre contre l'un des casiers à champagne. Domino dévisage Clara.

Elle la défie, campée devant elle, bras et jambes écartés.

\-   Tue-moi, dit-elle froidement. Qu'on en finisse, espèce de...

Domino ne la laisse pas finir sa phrase et bondit.

\-   Jamais, assène-t-elle. Jamais, tu es à moi...

La femme se rue sur Clara, lui arrache presque le bras et la pousse devant elle. Elle lui pointe son arme dans le dos et la force à avancer. Clara est soulagée. Tout ça va finir. Elle a payé sa dette. Elle n'aurait jamais pensé que ce soit possible un jour. Elle passe devant l'homme qui est à terre. Bastien respire encore. Elle le voit bouger. Tenter un geste vers elle.

Mais il est trop loin maintenant. Trop loin et trop faible. Elle espère qu'il vivra. Domino la veut pour lui, pour elle. Pour faire taire ses appétits, ses ambivalences, sa propre folie. Ce n'est que justice. Cette fois-ci elle abdique. En sauvant l'autre flic, elle a réglé ses comptes. Personne ne doit mourir pour elle. Qui sait ce qu'elle a pris à Justin, il y a trente cinq ans, pour qu'elle-même vive ? Elle a volé une vie, en devait une. Et tant mieux si c'est l'autre flic qui en profite. Elle a aimé qu'il essaie de la sauver. Quand il l'a soulevée de terre et lui a arraché la cravache, elle a croisé son regard. Un regard comme le sien ne devait pas s'éteindre. Pas pour elle. Cette pensée la rassérène. C'est la culpabilité plus que la colère qui l'a motivée depuis un an. Elle le comprend seulement. Domino est sa punition, elle paye sa faute. Pierre suit toute la scène depuis le fond de la cave. Quand Clara l'a poussé, la balle a sifflé à ses oreilles dégommant un bouchon de champagne. Il s'est retrouvé à terre, éclaboussé et constellé de débris de verre, légèrement sonné, mais vivant. Clara venait de lui sauver la vie. Il n'avait pas cru que la femme tirerait. Il avait sous-estimé sa folie. Il ne referait pas deux fois la même connerie. Maintenant qu'elle lui tourne le dos en emmenant Clara, il se relève, saisi une bouteille au hasard, un magnum, vu le poids et d'une voix calme, presque enjouée, l'appelle.

- Ohé... Domino... je suis là...

Dans la seconde qui précède ses mots, il jette la bouteille et aperçoit l'étiquette. Du Krug ! Clos d'Ambonnay 1996 ! « Quel gâchis, pense-t-il tout en suivant sa trajectoire. Cette femme n'en mérite pas tant. » En tout cas il vise juste. Clara aussi se retourne à l'appel de Pierre et voit le cul de la bouteille s'écraser entre les deux yeux de la femme avant même de comprendre ce qui se passe. Elle sent des éclats de verre lui piquer les pieds quand celle-ci explose en touchant le sol. La surprise et la violence du choc déstabilise Domino. L'arme lui glisse des mains.

Clara la rattrape au vol. Et tire. Sans réfléchir. plein cœur. La femme s'écroule à ses pieds sans un cri. Son regard exprime la stupéfaction. Il plonge dans celui de Clara avec une telle intensité que son cœur se glace. Elle voit les yeux de la femme se voiler petit à petit, perdre en densité. Devenir creux. Se fermer à moitié. Comme s'ils n'avaient pas assez de temps pour achever leur travail. Clara n'en supporte pas plus. Elle se détourne, relève la tête et se laisse tomber. Enfin elle peut s'abandonner.

Chapitre 40

Gyrophares, ambulances, flics, pompiers. Cordon jaune. Voisins curieux. L'impasse du Russec est en pleine effervescence. Vit son heure de gloire. La rue est éclairée comme en plein jour. La lune a piètre allure au milieu de tous ces clignotements. Il est à peine deux heures du matin quand Pierre quitte l'ambulance qui emporte Bastien. Salement amoché mais vivant. Il suit du regard la civière qui emmène Marie-Andrée Cabale alias Domino, une cigarette fichée entre les lèvres. Il n'a pas résisté avant que les porteurs ne l'allongent et ne la recouvrent d'un drap. Elle aurait sûrement préféré un cigare, mais le jeu c'est le jeu et ce n'est plus elle qui en fixait les règles. La première clope est toujours la dernière. Il a pensé à toutes les autres. Sur le lac, à L'Alligator, chez la mère Bravo, dans la voiture, chez Clara, à la station-essence... En a totalisé au moins une bonne vingtaine. Toutes de trop !

Quand, dans l'ambulance, Bastien a ouvert les yeux, avant de partir, il le lui a dit. Il savait que son ami comprendrait. Puisqu'il avait pu prendre le temps de les compter, c'est que la partie était gagnée. La Virgule a cligné des yeux une fois, et La Carpe a bien failli pleurer. Deux fois dans la même nuit. Ça fait beaucoup. Peut-être qu'il se fait vieux.

Déjà tout à l'heure, quand il a secouru Clara prête à s'effondrer et que ses grands yeux clairs l'ont regardé, une boule énorme s'est formée dans sa gorge. Il a bien cru qu'il ne la déglutirait jamais.

Il a pris Clara dans ses bras, elle s'est accrochée à son cou et il n'a pu s'empêcher de murmurer.

-   Ça va aller maintenant… Accrochez-vous mademoiselle… Je suis là...

Six mois plus tard.

L'automne amorce sa venue et repeint le paysage de couleurs chatoyantes. Lentement. Par touches successives. Comme un peintre méticuleux qui porte au fond de lui le tableau idéal et l'esquisse jour après jour. Pierre est assis dans le jardin. Il contemple la lumière du soleil s'éteindre au-dessus du lac. Des milliers de petits points lumineux en recouvrent la surface. Il songe à ce que Clara lui a raconté un peu plus tôt. Qu'en fait, s'il regardait bien, il verrait que les petits points sont des étoiles. Qu'elles sont descendues pour prendre un bain avant de remonter dans le ciel. Que c'est pour ça qu'on les voit briller si fort. Parce qu'elles se sont faites belles. Pour que les hommes, les femmes et les enfants n'aient plus jamais peur de la nuit. Et elle avait rajouté, un doigt sur la bouche, de la malice au fond des yeux :

-   Maintenant, tu fais partie des secrets de l'univers, mais ne va pas raconter ça à tout le monde.... Seuls les princes et les princesses ont le droit de savoir... Ce n'est pas la première fois que

Clara évoque son père de cette façon. En puisant dans les sources de son enfance et dans la magie des contes qu'il a créés pour elle. Au début Pierre était gêné que Clara lui confie ses secrets. Elle était comme une petite fille qui vous flatte d'une confidence. Il sentait qu'elle attendait quelque chose. Il ne savait pas quoi. Et puis, d'un coup, elle sortait du souvenir et redevenait une femme. Qui parlait. Elle avait mis trois mois avant de pouvoir prononcer le moindre mot. Depuis cette nuit terrible où elle avait tiré sur Mc Domino. Dès le lendemain, ce surnom était paru à la une de tous les journaux. Marie-Andrée Cabale n'existait pas. Ce n'était plus une femme, encore moins un homme, mais une entité, Mc Domino. Un être double, désincarné. Qui avait puisé sa folie dans l'obsession d'une mère décédée à sa naissance et d'un père qui l'en avait toujours tenu pour responsable. Diagnostiquée très jeune comme instable, elle avait par deux fois tenté de mettre fin à ses jours. Elle avait aussi séquestré toute une journée une adolescente dont elle était tombée amoureuse et qui refusait ses avances.

D'une intelligence supérieure, elle était toujours ressortie libre des internements successifs qui avaient jalonné son parcours.

Son dossier psychiatrique comportait les mots « mythomane », « trouble de la personnalité », « tendance schizophrène », « bipolaire » avec un point d'interrogation, « perverse », « narcissique », mais pas « dangereuse ». Les journalistes s'étaient acharnés sur cette dernière classification quand Clara était devenue muette.

- Elle s'est réfugiée dans un mutisme post-traumatique, avait expliqué le docteur Cavasse, psychiatre et psycho-généalogiste de renommée lors d'une interview. Il va lui falloir beaucoup de patience et de courage. Revenir dans le présent, c'est revenir dans la réalité, dans ce que son inconscient préfère refouler... et certaines personnes n'y parviennent jamais.

Clara, elle, avait réussi. En six mois ! Trois pour réapprendre à parler et trois encore pour qu'elle consente à sortir de la clinique. Il lui en restait sûrement plein d'autres avant qu'elle ne commence vraiment à oublier. Mais au moins elle parlait. Pierre était heureux qu'elle accède enfin à cette partie d'elle-même, ses souvenirs. Il savait que ce n'était qu'une des étapes de la guérison. Comme de se retrouver là, dans la Maison de bois, ce dernier week-end de septembre, à fêter son anniversaire. La psychiatre avait insisté pour que Pierre soit présent.

- Elle voit en vous un sauveur. Comme l'était son père. Et pour l'instant, elle a besoin de se reconstruire avec ça. Ce sont des instants magiques qui la reconnectent à une partie d'elle-même où sa vie était heureuse. Allez-y. Et puis Annecy, c'est joli à cette époque...

Pierre avait accepté. Il croyait encore que sa dette envers Diane y était pour beaucoup. Et qu'il rendait à Simone tout ce qu'il avait pris à la famille Kruber. Mais c'était au début. Il y a six mois. Maintenant, il refuse d'y penser. Il songe à Bastien qui, au final, s'en est plutôt bien tiré. Cinq mois de convalescence, une médaille du mérite et un grade de capitaine. Que demander de plus ? Il prévoyait, avait-il dit en riant à Pierre dans l'après-midi au téléphone, de se faire tirer plus souvent dessus. À ce train-là, il serait à la retraite à 40 ans. Avec une rente à vie. Il pourrait profiter de la douzaine d'enfants qu'il avait décidé de faire à sa Julie. Et de temps en temps, il regarderait son pote se rouler une clope ou deux, histoire de ne pas perdre la main... « À moins, lui avait-il demandé plein de sous-entendus - il entendait sa Julie glousser à côté - à moins qu'aujourd'hui tu n'aies d'autres projets... » Et il avait cru bon d'ajouter, avant que Pierre ne lui raccroche au nez : « C'est comment la Maison de bois... il y fait chaud ? » .

Pierre avait gardé sa réponse pour lui. Même si la maison était restée la même, humble et droite, tout de bois vêtue, l'usure et trop de nonchalance ces derniers mois avaient agacé la façade, jauni les papiers peints, terni les tissus d'ameublement. C'était un chalet comme tant d'autres, sur les bords du lac, avec une large baie vitrée et un authentique paysage annecien. Un ciel immense que le gris des montagnes venait griffer d'augustes arêtes. De verts touffus plongeants en cascade dans les bleus changeants d'une eau tenue immobile la plupart du temps. Une enclave paisible, un paradis chatoyant. Qui avait perdu de sa superbe ! Le chalet avait besoin d'un bon coup de peinture, d'un menuisier adroit et d'un décorateur ingénieux. Quant au jardin, il faudrait au moins l'équivalent d'une benne avant d'en voir la couleur. Et Pierre n'avait ni le temps ni l'envie pour tout ça. Il aurait plutôt suggéré à Clara et Simone de vendre. Il ne croyait pas qu'on puisse faire du neuf avec du vieux. Pas là en tout cas. Il y a certaines fois où il valait mieux tout abandonner et recommencer. Mais il savait aussi que c'était trop tôt pour en parler. Elles en étaient aux souvenirs.

Ce soir, elles avaient décidé de trinquer à Justin. Le frère jumeau de Clara mort à leur naissance et qui renaissait trente-six ans plus tard. D'ici à ce qu'elles se refassent l'histoire jusqu'au présent, le chalet aurait eu le temps de prendre un bon coup de vieux supplémentaire. Néanmoins, Pierre était confiant. Clara avait une force de vie et un courage hors du commun. Et pour une fois, quelqu'un auprès d'elle, qui ne la dupait pas. Une psychiatre émérite dont la qualité essentielle était d'être une personne incarnée, à l'écoute, disponible et compatissante. Même pour lui.

-       Clara sait qu'elle a vécu sa vie dans un mensonge. Que les histoires de son père sont des fables et que sa toute-puissance ne l'a pas protégée de connaître un jour la vérité. Cette vérité lui a explosé à la figure quand il est mort. À ce moment-là elle n'a pas eu la force de l'affronter. Ses parents eux-mêmes avaient échoué. Alors elle s'est créé une autre réalité. Encore plus forte et destructrice que l'ancienne. En allant sur Internet, elle a continué de faire ce qu'elle avait toujours fait. Elle a fui. Elle a continué de s'inventer des mondes. De vivre dans ceux des autres. Jusqu'à ce qu'une part en elle n'en puisse plus. Sa rencontre avec Domino a été le pire moment de sa vie. Mais il lui a permis d'en reprendre le contrôle. C'était à double tranchant. Heureusement, tout le monde n'a pas besoin d'aller aussi loin. Bien que ce ne soit pas si différent de tous ces gens qu'on rencontre dans les hôpitaux. Ces malades qui refoulent dans la maladie tout ce que la vie ne leur a pas permis de digérer. On porte tous un cancer en nous. Pourquoi certains le développent et d'autres pas ? C'est ce que cherche la médecine aujourd'hui. Mc Domino portait le cancer de Clara. Et ce qui compte aujourd'hui c'est qu'elle s'en soit sortie. Avant même que vous interveniez. Seule. Elle avait compris. Sa chance de survie était dans sa capacité à réagir. Et vous lui avez donné cette chance alors qu'elle croyait avoir échoué. Maintenant elle doit appréhender l'idée qu'elle n'avait pas le choix. Tuer quelqu'un d'aussi diabolique que ce Mc Domino, comme vous l'appelez, n'est pas sans conséquences. Clara a d'abord refusé de parler. Maintenant elle parle trop. Qu'importe. Elle trouvera la nuance. Ressusciter son frère mort, c'est l'inclure dans sa vie. Il faut ça pour qu'elle puisse recommencer. D'ici là, jouez le jeu. Ça ne peut pas vous faire du mal d'écouter des contes... avec la vie que vous menez...

Il avait eu envie de lui répondre qu'elle n'était pas pire que la sienne, qu'ils faisaient au final le même métier : protéger les gens. Mais il savait aussi qu'elle avait dit ça pour l'encourager. Elle était assez maligne pour le rassurer sur sa capacité à épauler Clara sans qu'il ait besoin d'avouer que tout ça lui foutait la frousse. Il ne voulait pas être un second Jérôme incapable de tenir ses promesses. D'ailleurs ce type n'avait jamais réapparu. À peine l'affaire avait-elle éclaté, qu'il avait disparu. Pierre aurait pu le chercher. Il avait abandonné. Des types comme ça ne méritaient pas qu'il perde son temps. Et maintenant, il se retrouvait là, à chercher des étoiles à la surface d'un lac. Immobile et noir. Il n'avait vu ni la nuit tomber ni le ciel s'étoiler. Il ne serait donc jamais un Prince Charmant. Et pourtant il rentra dans la Maison de bois en souriant.

Remerciements

On écrit seul. Toujours. En soi.

Mais on vit dans la multitude. Au gré des rencontres, des écueils et des tendresses qui jalonnent notre chemin. Bien des personnes ont contribué à ce que je publie ce premier polar et qu'aujourd'hui, il ressorte en poche. Qu'il arrive au bout de plusieurs années de vache maigre renforce mon admiration et ma reconnaissance envers elles.

Merci à ma tribu. Vous êtes les meilleurs des poteaux.

Merci à Nicole C. avec qui la psycho-généalogie fut une aventure hors du commun et à Bernard L. mon coach littéraire des débuts. Je sais ma dette impayée.

Merci aux deux protagonistes de ce livre qui, malgré la tragédie de la vie, ont su m'inspirer la résilience.

Merci à la fine équipe du CEFPF grâce à qui j'ai pu écrire le mot Fin de cette histoire.

Aux amis Facebook, virtuels ou pas, qui ont pris le risque de me suivre sur ce défi.

Merci à Jean-Paul, une belle et heureuse rencontre sur le chemin de l'écriture.

Gratitude aux absents, vivants ou morts, qui continuent de vivre dans chacun de mes romans et chaque jour dans mon cœur. Vous me manquez.

On se retrouve ici ou là…

Mon site :
https://www.louvernet.com

Ou sur FB :
https://www.facebook.com/RomanLouVernet

Et même par mail :
http://louvernet.com/